あの空にとどけ

作 熊谷千世子
絵 かない

もくじ

阿坂温泉
阿坂温泉

逢音《あお》

「おねえちゃん、ぎょろりさんが笑ってるよ。

ほら、わらでできた、顔だけのおじさんだよ」


逢音の声で目が覚めた。

いつのまにかわたし、眠《ねむ》っていたみたい。

今は、おじいちゃんの家からの帰り道。ゆうべ寝《ね》るのが遅《おそ》かったから、車に乗ると、すぐに睡魔《すいま》におそわれた。まだ頭がふわふわしている。

「あぁ、もう……、気持ちよく寝てたのに」

わたしは目をこすりながら、ふくれっ面《つら》のまま逢音《あお》を見た。

逢音は車窓《しゃそう》から身を乗りだすようにして、遠のいていく恩出橋《おんだしばし》を見ている。

「ばかね、ぎょろりさんが笑うはずないじゃない、こわいこと言わないでよ」

「ほんとだって、おねえちゃん、うそじゃないよ。前見たとき、本当にぎょろりさんが楽しそうに笑ってたんだ」

逢音はむきになって、小鼻をくいっとふくらませた。

「はいはい、顔だけのおじさんだって笑いたいときもあるでしょうよ」

「もう、いつもそうなんだ、ぼくの言うこと、全然信じてくれないんだからな」

逢音はふてくされて、背中《せなか》を勢《いきお》いよく背もたれにつけた。

ぎょろりさんは、わらでできた大きな置物だ。一見テントのように見えるけれど、よく見ると大きな目や鼻がついている。阿坂温泉郷《あさかおんせんきょう》の中心部にある恩出橋に、冬の間だけ置かれている、謎《なぞ》の存在《そんざい》だ。

温泉郷のはずれにあるおじいちゃんの家に行くには、この橋を必ず通る。そのたびに逢音は、ぎょろりさんに挨拶《あいさつ》する。

この像《ぞう》に名前をつけたのは逢音だ。わらで作られた目は異様《いよう》に大きく、『ぎょろりさん』という名前はぴったりだった。

「あーあ、もうちょっと早ければ、ぎょろりさんが笑ってるの見られたのに。そうすればおねえちゃんも、もっとぎょろりさんが好きになるのにな」

逢音は唇《くちびる》をつんととがらせて、のばした足で、母さんが座《すわ》る助手席の背もたれをドンとけった。

「ぎょろりさんはきっと、逢音が来てくれたって喜《よろこ》んだのよ。だから笑ったのね」

母さんは叱《しか》りもしないで、目尻《めじり》をさげて逢音を振《ふ》り返《かえ》った。

もう……、母さんは逢音にはいつも甘《あま》いんだから。わたしが背もたれをけったりしたら、すぐに怒《おこ》るくせに。

「あのね、母さん。逢音《あお》も新学期からもう二年生だよ。いつまでも夢《ゆめ》のようなこと言ってたら、みんなに笑われるよ。甘《あま》やかすのもほどほどにしないと」

「そうね、四月から彩音《あやね》は五年、逢音はもう二年生かあ、ほんと、早いわねえ」

母さんは感慨深《かんがいぶか》げにコクコクとうなずいている。逢音のことになると、わたしの皮肉も母さんには全然通じない。でも、それも無理のないことかもしれない。

逢音をぬすみ見ると、隣《となり》に置いたポリバケツ太鼓《だいこ》に寄《よ》りそうようにして、うつらうつらと舟《ふね》をこいでいる。

片時《かたとき》も離《はな》さないこの太鼓は、逢音の宝物《たからもの》だ。逢音が「太鼓がほしい」とねだったとき、おじいちゃんがポリバケツで太鼓を作ってくれた。

重しの砂袋《すなぶくろ》を入れた大きなポリバケツに、太い透明《とうめい》テープを放射状《ほうしゃじょう》にはって、たたく面を作った。バケツのまわりに茶色のカラーテープを隙間《すきま》なくはると、本物の太鼓のように見えた。

バチは裏山《うらやま》に生えているアオダモの木で、逢音《あお》の手のサイズに合わせて作った。アオダモは、春に小さな白い花をたくさん咲《さ》かせる。雪をかぶったように見えるから、逢音は『雪の木』と呼《よ》んでいた。

できあがった太鼓《たいこ》は、たたくと本物の和太鼓みたいな音がした。逢音はごきげんで、その日はずっと太鼓をたたいてばかりいたのだ。

「あきれた、逢音ったらもう寝《ね》ようとしてる。わたしを起こしておいて自分は寝ちゃうなんて、ほんとに勝手なんだから」

「疲《つか》れたのね、田舎《いなか》でめいっぱい楽しんだようだから。元気ならそれでじゅうぶん」

母さんは自分の言葉をかみしめるように、そっとうなずいた。阿坂《あさか》から家までの道のりは、たっぷり三時間はかかる。わたしは大きなあくびをすると、窓《まど》に頭をもたせかけて目を閉《と》じた。

逢音は三つ違《ちが》いのわたしの弟。生まれたときから体が弱かった。一五〇〇グラムに満たない低出生体重児で、生まれてからすぐ保育器に入った。

ガラス越《ご》しに見る逢音にはたくさんの管がついていて、その体は触《さわ》れば壊《こわ》れちゃいそうなほど弱々《よわよわ》しかった。

わたしはまだ三歳《さい》だったから、そのころのことはあまりよく覚えていない。写真で見る逢音は、小さくて痩《や》せていて目ばかりが大きな赤ちゃんだった。でも、もあもあした毛と、おちょぼ口がかわいかった。

逢音はよく熱を出した。治るまでに人一倍時間がかかった。喘息《ぜんそく》もあったから、季節の変わり目になると、病院と家を往復《おうふく》する生活が続いた。

せきこむ逢音を見ているとわたしまで息苦しくて、逢音が笑っているとほっとした。いつもこうならいいのになって思っていた。

こんなことのくり返しだったから、逢音は幼稚園《ようちえん》にもほとんど行けなかった。小学校に入ってからも休みがちで、だからなのか、仲のいい友だちもいないみたい。教室にいる逢音《あお》は、ぽつんとひとりでいることが多かった。

そんな逢音が楽しみにしているのは、阿坂《あさか》の家に行くこと。父さんの生まれた阿坂村には、りんご農園を営《いとな》むおじいちゃんが柴犬《しばいぬ》のジョンと暮《く》らしている。

不思議なことに逢音は阿坂に行くと、熱は出ないし、喘息《ぜんそく》の発作《ほっさ》も起こらなかった。

「阿坂は空気がいいし、水もうまいからな。それにおじいちゃんの畑に行けば野菜も果物も、とれたて新鮮《しんせん》。これって、体には最高のぜいたくだよな」

父さんは胸《むね》をそらしてじまんげに言う。

「ああ、ぼくはずっと阿坂にいたいよ」

阿坂の話が出るたびに、逢音はしみじみと言う。

そんなこともあって、逢音は休みがあるとすぐに阿坂に行ってしまう。

わたしはめったに行けない。習い事がぎっしりつまっているから。友だちが習い事をしているのを見たり聞いたりすると、すぐにやりたくなってしまう。誘《さそ》われると断《ことわ》れない。その結果が、ピアノにスイミングに英語に、週三回の進学塾《しんがくじゅく》。毎日スケジュールはいっぱいで目が回りそうだ。だからわたしが阿坂に行くのは、たいていお盆《ぼん》とお正月くらいなものだ。

でも今は春休み。一足先に来ていた逢音を迎《むか》えがてらの、二泊《はく》三日《か》の帰りだ。たまには羽をのばした方がいいと思って、スケジュールを調整したのだ。

逢音が何か、もにょもにょ言った気がした。見ると逢音は、眠《ねむ》ったままシートの上で体を丸めている。

楽しい夢《ゆめ》でも見ているのか、逢音はかすかにほほえんだ。赤みのさした頬《ほお》に、小さなえくぼが浮《う》かんだ。

あどけない逢音の寝顔《ねがお》を見ていると、ぎょろりさんの話をちゃんと聞いてあげればよかったかな、なんて気持ちになる。やっぱりわたしも、母さんと同じだ。うちの家族はみんな、逢音《あおと》に甘《あま》いのかもしれない。

寝《ね》ているときの逢音は、小さなころと変わらない。ゆるいウエーブのかかった前髪《まえがみ》と丸まった鼻、半開きの口もあどけない。まるで天使のようだ。

でも起きているときは、泣き虫で甘えんぼうで、そのくせきかん気が強くて憎《にく》らしい。いつもわたしのあとばかりついてきて、好き放題する。わたしのランドセルを勝手に背《せ》負《お》ったり、ノートにいたずら描《が》きをしたり、教科書をさかさまにして読んだり。

二年生の夏休みの工作で、割《わ》りばしの家を作ったときは、逢音は自分も作ると言って聞かなかった。でもぐちゃぐちゃになって、かんしゃくを起こして大泣きをした。その後はお決まりのコース、熱を出して寝こむのだ。

いつも逢音に振《ふ》りまわされっぱなし。でもこれが、わたしの弟、ふたりっきりの姉弟なんだよね。

逢音がまた何かつぶやいた気がして、そっと顔をのぞきこむ。

あれ、顔がいつもより赤い。おでこに手をあてる。

「母さん、逢音、熱があるみたいよ」

「えっ、また？　この春休み、おじいちゃんのところでちょっとはしゃぎすぎたのかしら？」

「もっと阿坂《あさか》にいたいっていう、逢音の無言の抵抗《ていこう》か？」

父さんと母さんは顔を見合わせて、苦笑いをしながらため息をついた。

新学期が始まって、逢音《あお》は休むこともなく無事に、二年生のスタートを切った。

去年の逢音は、入学式の翌日《よくじつ》から熱を出して、四月、五月のほとんどを家と病院の往《おう》復《ふく》で過《す》ごした。でも今年は、背丈《せたけ》がのびてきた分、体もじょうぶになっているのかもしれない。阿坂《あさか》で過ごすゴールデンウィークを楽しみに、がんばっているようだ。

今日は、四月最後の金曜日。午後になって天気は下り坂、しとしとと雨が降《ふ》りだした。傘《かさ》を持ってきてよかった。今日は母さんが夕方から出かけるから、留守番を頼《たの》まれているのだ。それまでに逢音を連れて帰らなきゃ。

急いで帰りの用意をしていると、千佳《ちか》が小走りでかけてきた。

「来週の土曜日、野々瀬《ののせ》公園でフェスがあるんだって。『グリフィン』も出るんだよ。お母さんが連れてってくれるんだけど、おねえちゃんが急に行けなくなったんだ。彩音《あやね》ファンでしょ、おねえちゃんの代わりにいっしょに行かない？」

千佳が耳もとで、早口でささやいた。野々瀬公園は、隣町《となりまち》にある大きな公園だ。手に持っているのは、野外音楽フェスのチケット。白地に緑の文字、上下の角に風にそよぐ若葉《わかば》が描《か》かれている。

その真ん中に、あるある、ちゃんと、グリフィンの名前ものっている。わたしの大好きなボーイズグループだ。特にボーカルのカナトが好き。涼《すず》しげな目がかっこいい。

「行きたい、絶対行きたい。母さんに頼んでみるよ」

やった、ラッキーだ。わたしは千佳をギュッとハグする。千佳は、くすぐったそうに笑った。

チケットをなくさないようにファイルに入れる。グリフィンに会えるなんて、思ってもみなかった。ランドセルに入れては出して、チケットがあるのを何度も確《たし》かめた。

ザァァァァと、窓《まど》に雨が吹《ふ》きつける音がした。

「あっ、いけない、急がなきゃ、逢音が待ちくたびれてる」

いつもなら机《つくえ》の中もロッカーも忘《わす》れ物《もの》がないか確かめるけど、チケットのことで浮《う》かれていた。きちんと確《たし》かめないまま、わたしはあわてて教室を飛びだした。

迎《むか》えに行くと、逢音《あお》はひとり教室で、椅子《いす》に座《すわ》って待っていた。

「おねえちゃんったら遅《おそ》いよ、雨がどんどん降《ふ》ってくるよ」

逢音はぷっと頬《ほお》をふくらませた。

外に出ると、雨はすっかり本降《ほんぶ》りになっていた。道路にもわずかな間に水たまりができていた。

「逢音、傘《かさ》をちゃんとささないと、後ろがぬれてるよ」

とろとろ歩く逢音を叱《しか》りながら、足を速める。

通学路の途中《とちゅう》にあるスーパーまで来たとき、ふいに机《つくえ》の中に入れたままの、理科の学習カードを思い出した。授業《じゅぎょう》時間内にまとめられなかったから、持ち帰って明日提出《ていしゅつ》することになっていた。カードをファイルに入れようとしたとき千佳《ちか》がやってきて、そのまま忘《わす》れてしまった。

ああ、どうしよう……！

提出できなければ宿題係にチェックされる。先生にも叱られる。想像《そうぞう》しただけで胸《むね》がドキドキする。

学校に取りに戻《もど》るしかない。でも、逢音はどうしよう。この雨の中、また連れて戻るなんてできないし。逢音の上着はもうずぶぬれだ。逢音は雨にぬれると、必ずといっていいほど熱を出す。

このまま逢音だけで帰すしかない。学校に戻るより家に帰る方がずっと近い。

「逢音、ごめん、おねえちゃん忘れ物しちゃった。取りに戻るから、逢音は先に行ってて。すぐに追いかけるから」

逢音がくしゃっと顔をゆがめた。

「明日提出の学習カードなんだ。出さないと叱られちゃう。逢音も二年生になったんだもん、ひとりでもだいじょうぶだよね」

両手を合わせて拝《おが》むようにしながら逢音《あお》を見る。逢音は迷《まよ》っていたけど、ふうっと大きく息をつくとしぶしぶうなずいた。

「ぼく、ゆっくり歩いてるからね、早く来てよ」

わたしはうなずきながらきびすを返すと、雨の中を学校目指してダッシュした。

失敗だ、忘《わす》れ物《もの》なんていつもはしないのに。誰《だれ》もいない教室にかけこむ。机《つくえ》の中に学習カードはあった。それをつかむと大急ぎで昇降口《しょうこうぐち》に向かう。

雨がさっきより、また少し強くなったみたい。

逢音、だいじょうぶかな。ぬれずに帰っていればいいんだけど……。母さんも、わたしの帰りを待ってるだろうな。

いろんなことが、急に重りみたいになって心の中に積みあがった。なんだか、いやな予感がする。

胸《むね》にこみあげてきた不安を振《ふ》りはらうようにして、わたしは昇降口を飛びだした。

遠くでパトカーの音がする。なんだろう、胸騒《むなさわ》ぎがする。

家にほど近いところにある交差点で、人だかりが見えた。黒いワゴン車が、信号機を越《こ》えて反対車線のガードレールに激突《げきとつ》している。

パトカーが見えて、遠くから救急車《きゅうきゅうしゃ》の音が聞こえてきた。

なに？　交通事故《じこ》？　まさか……！

心臓《しんぞう》が皮膚《ひふ》を破《やぶ》って飛びだしそうなほど、ドクンドクンと鳴りだした。

「雨でスリップしたらしい。かわいそうにな、信号待ちしてた子が……」

ささやき声がどこからか聞こえてきた。

「あの子、ちゃんと止まっていたのに……」

頭がクランと揺《ゆ》れた。

足が震《ふる》えて前に出ない。

体の重みが感じられない。

「ああ、神様、逢音《あお》ではありませんように！」

ワゴン車の手前に、小さな傘《かさ》がぐしゃりとつぶれているのが見えた。

空色の傘。ワンポイントの黄色いクマがお気に入りだった、あれは逢音の傘。


逢音……！


体の力が一気に抜《ぬ》ける。立っていられない。へなへなと歩道にしゃがみこむ。

無音のスクリーンの映画《えいが》を見ているみたい。でもそれもすぐに真っ暗になった。

どこか遠くで、逢音の名を泣きながら呼《よ》ぶ声がする。あれは……母さん？

その声を聞きながら、また目を閉《と》じる。

気づいたら、病室のソファーに座《すわ》っていた。何が起こったのか、なぜここにいるのかわからない。
ただ、ベッドの脇《わき》で肩《かた》を震《ふる》わす、父さんと母さんの後ろ姿《すがた》だけが見えた。

阿坂《あさか》へ

逢音《あお》がいなくなってしまった。

「ゆっくり歩いてるからね、早く来てよ」

あの言葉を残して、突然《とつぜん》に。あのときの、くしゃっとゆがんだ逢音の顔ばかり浮《う》かんでくる。

あの日から、わたしの胸《むね》の奥深《おくふか》くに、焼けただれたような赤黒いかたまりができた。

逢音のことを思うたび、にぶい痛《いた》みがこみあげてくる。

忘《わす》れ物《もの》なんて取りに戻《もど》らなきゃよかった、ひとりで帰さなきゃよかった、あんなこと言わなきゃよかった……。あの日のこと、何もかも全部消し去りたい。

父さんにも母さんにも言えない。言ってしまえば、わたしはきっと立ちあがれない……。

胸がおされる、喉《のど》がふさがれる。

ああ、まただ、胸が苦しい。

体中がドキドキ脈打《みゃくう》つ。くらくらしてくる、息ができない。

わたしは胸をおさえてうずくまる。

「彩音《あやね》、また過呼吸《かこきゅう》の発作《ほっさ》が起きたのね、顔が真っ青よ」

疲《つか》れた様子の母さんが、それでもわたしに気づいて、背中《せなか》にそっと手を回した。

「だいじょうぶよ、だいじょうぶ。さあ、ゆっくり息を吐《は》こうね」

背中に置かれた母さんの手がゆっくり上下して、息を吐くリズムを教えてくれる。

ゆっくりゆっくり、息を吐く。前かがみになって、お腹《なか》の力で呼吸をする。

少しずつ、わたしは息づかいの感覚を取りもどしていく。胸の苦しみが、強くなったり弱くなったりしながら、ちょっとずつやわらいでいく。

医師《いし》の診断《しんだん》は、心因性《しんいんせい》の過呼吸《かこきゅう》による発作《ほっさ》。過度《かど》のストレスが、引き金になっているそうだ。

これは、逢音《あお》を守ってあげられなかったわたしへの罰《ばつ》。わたしのしたことを、決して忘《わす》れないために与《あた》えられた苦しみなんだ。

でもこれが、逢音とつながる唯一《ゆいいつ》の方法だとしたら、わたしはいくらでもがまんできる。逢音に許《ゆる》してもらえるのなら、たやすいことだ。わたしはギュッとこぶしをにぎる。唇《くちびる》をきつくかみしめる。

逢音がいなくなった家からは、笑い声がなくなった。母さんは体調を崩《くず》してふさぎこむし、父さんもぼんやりと考え事をする日が多くなった。わたしも、学校に行くことができなくなった。学校に行こうとすると、逢音のことを思って発作が出てしまうのだ。

そんな日が半年も続いたころ、おじいちゃんから電話が入った。

病気ひとつしたことのないおじいちゃんだったけど、右膝《みぎひざ》を悪くして医者から手術《しゅじゅつ》をすすめられたらしい。前から膝の調子がよくないと言っていたけれど、このごろは歩くことも困難《こんなん》になってきたようだ。

そういえば逢音の納骨《のうこつ》で阿坂《あさか》に行ったときも、おじいちゃんは足を引きずって歩いていた。

家から少し離《はな》れた高台に、小さいながらりんご農園がある。今までは人をやとってなんとかやってきたけれど、足の悪いおじいちゃんにはもう、とても経営《けいえい》はできない。農園をやめるか、人手に渡《わた》すしか方法がないらしい。

大手のＩＴ企業《きぎょう》で休みなく働いていた父さんは、おじいちゃんの様子を見るために会社を休んで、阿坂に行くことが多くなった。家にいても物思いにしずむようになった。

そして突然《とつぜん》、阿坂への引《ひ》っ越《こ》しを切りだした。

「前から迷《まよ》ってたんだ。母さんと何度も話し合ったんだが、父さんはみんなで田舎《いなか》に戻《もど》ろうかと思う。二月にはおじいちゃんの手術もあることだし、退院後《たいいんご》もひとりじゃ大変だしな。それに、あそこには逢音《あお》の墓《はか》もある。大好きな阿坂《あさか》で、逢音もきっと父さんたちを待っているだろうし」

父さんは一言一言、かみしめるように言った。

「みんなそろってこその家族だ。どうだ、逢音の眠《ねむ》る地でもう一度、逢音といっしょにみんなで歩みだしてみないか。彩音《あやね》の気持ちを聞かせてほしいんだ」

しぼり出すような父さんの声、目が赤くうるんでいる。その横で、母さんは目頭《めがしら》をおさえながらうなずいている。

逢音が阿坂でわたしたちを待っている……！

そうだ、逢音は阿坂が大好きだったもの、わたしたちが行けばきっと喜《よろこ》ぶ。逢音のいないこの家は、抜《ぬ》け殻《がら》だ。

逢音の笑顔が目に浮《う》かぶ。わたしは大きくうなずいた。

幸いなことに、阿坂ではそのころ、地域《ちいき》おこし事業に関わる人材を募集《ぼしゅう》していた。父さんはさっそく応募《おうぼ》して、書類審査《しょるいしんさ》や面接《めんせつ》をクリアした。

そして来年の四月から、村役場の臨時職員《りんじしょくいん》として仕事ができることになった。

阿坂は、『阿坂温泉郷《おんせんきょう》』をかかえる温泉の村だ。六十年前に鉄道のトンネル工事をしていて、偶然《ぐうぜん》温泉を掘《ほ》りあてた。調べてみると、三百年ほど前にも湯が出ていたという史実《しじつ》があったらしい。

以来、たくさんの温泉旅館やホテルが建って、多くの観光客がやってくるようになった。父さんはそのPRなどの仕事にも、関わることになるらしい。とりあえずは、村の役場が仕事場だ。

家のまわりのわずかばかりのりんご畑を残して、農園は人に貸《か》すことにした。母さんはおじいちゃんの手術後《しゅじゅつご》の世話や、リハビリの送《おく》り迎《むか》えもある。引《ひ》っ越《こ》しの片《かた》づけも忙《いそが》しい。

だから生活が落ち着いたら、逢音を産むまで続けていた保健師《ほけんし》の仕事を探《さが》すようだ。

わたしの六年進級に合わせての、三月末の大急ぎの引っ越しだった。

車窓《しゃそう》から、見慣《みな》れた阿坂《あさか》の景色が見える。わたしたちは住み慣れた町を離《はな》れ、今日からここで暮《く》らすのだ。

いつもなら、逢音《あお》とはしゃぎながら見た風景。でも今は、その逢音がいない。景色が涙《なみだ》でにじんで、ふわふわと揺《ゆ》れた。恩出橋《おんだしばし》のぎょろりさんは、冬が終わったからかもういなかった。

おじいちゃんの家に着くと、引《ひ》っ越《こ》しの荷物はとどいていて、たくさんの段《だん》ボール箱が積まれていた。

家のまわりのりんご畑は、いつもならおじいちゃんの手が入ってきちんと片《かた》づいている。でも、今は草におおわれて見る影《かげ》もない。

見慣れた庭には、四角い実をならせる富有柿《ふゆうがき》の木が小さな若葉《わかば》を芽吹《めぶ》かせていた。その横には、ジョンの犬小屋がある。ジョンが首を長くしてこっちを見ている。

逢音とジョンは大の仲よしだ。逢音は車から降《お》りるやいなや、ジョンの元にかけ寄《よ》って、どちらが犬かわからないくらいにじゃれ合って遊んでいた。ジョンも逢音にべったりとくっついたまま、離れようとしなかった。

胸《むね》がチクリと痛《いた》む。

「だいじょうぶ、心配することはないの。だって、逢音の大好きな場所に家族が集まったんだもの、逢音も喜《よろこ》んでいるわよ」

うつむいたわたしの背《せ》に手を回して、母さんは静かに言った。その手が心なしか、震《ふる》えている気がした。

「体を持たなくなっちゃった逢音だけど、逢音はいつもそばにいるの。わたしたちが見たり触《ふ》れたりするとね、逢音もいっしょに感じられてうれしいんじゃないかな。だからね、いろんなこと、いっぱいやっていこう」

母さんは空を見あげて、ささやくように言った。どこまでも続く広い空、絵筆を走らせたような、小さな雲が浮《う》かんでいる。風を切って走る逢音に似《に》ている。

「あら、あの雲、逢音《あお》みたい。もしかしたら今ごろ、自由に空をかけ回っているかしらね」

母さんは雲を見ながら笑みを浮《う》かべた。わたしも母さんに並《なら》んで空を見あげる。

ゆっくりと形を変えながら、気持ちよさそうに流れていく小さな雲。あの雲が、逢音だったらいいな。

待ちくたびれたジョンが、前足を踏《ふ》みかえながらクーンと鼻を鳴らした。

「ジョンがお待ちかねだよ、逢音、さあ行こう」

小さな雲に、わたしはそっとささやく。ジョンの元にかけ寄《よ》ると、逢音をまねてがしゃがしゃとなで回した。逢音のはじけそうな笑顔が浮かんでくる。ジョンはいつもよりいっそう激《はげ》しく、ふさふさのしっぽを振《ふ》りまわした。

阿坂《あさか》には、逢音との思い出があふれている。軒《のき》につるした手作りのブランコ、秘密基《ひみつき》地《ち》を作った裏山《うらやま》の林、りんご畑の隅《すみ》にふたりで植えたブルーベリーの木。家のまわりのあちこちに、逢音の笑顔が残っている。

逢音《あお》とここで過《す》ごした時間は、今まで住んでた町にくらべて短い。なのに、こんなに思い出があふれてくるなんて不思議だ。

わたしは縁側《えんがわ》にこしかけて、そっと息をつく。おじいちゃんが杖《つえ》をつきながらやってきた。

二月の中ごろに、おじいちゃんは「人工関節置換術《じんこうかんせつちかんじゅつ》」という、難《むずか》しそうな手術《しゅじゅつ》をした。いたんで変形した膝《ひざ》関節の表面を取りのぞいて、人工関節をかぶせる手術だったらしい。一か月の入院のあとやっと退院《たいいん》できたけれど、これからはリハビリのために通院しなくてはならない。

おじいちゃんは膝をさすりながら、わたしの横にゆっくりと座《すわ》った。

「疲《つか》れただろうな。この一年、彩音《あやね》も大変だったな。でも、もう何も考えんでいい、ここでゆっくり暮《く》らすといい。逢音はな、じいちゃんに似《に》て田舎《いなか》暮《ぐ》らしが好きだったで、喜《よろこ》んどるぞ」

おじいちゃんは、あたりに目をやりながらほほえんだ。

「学校を変わると言ってもな、なあに、心配はいらんぞ。ここにはすぐ近くに同級生がおるでな。蒼《あお》と拓実《たくみ》だ」

おじいちゃんは目を細めて、フーと大きく息を吐《は》いた。

あお？　逢音と同じ名前……！

ドキッとした。

「ほれ、あそこに見える瓦屋根《かわらやね》が蒼の家。拓実の家はほれ、その横の大きな建物、やまと旅館だ。いろいろ教わるといい」

おじいちゃんは、川沿《かわぞ》いに並《なら》んだ真ん中あたりの建物を指さした。

「おじいちゃん、あおっていう子……」

「ああ、逢音と同じ名前だ」

おじいちゃんは小枝《こえだ》を拾うと、地面に『蒼』と書いた。

「こう書いて蒼《あお》だ。彩音《あやね》は会ったことはなかったかな」

おじいちゃんは小首をかしげた。

全然知らない、聞いたこともない。それに、字も全然違《ちが》う、でも同じ『あお』だ！

ああ、いったいどんな子なんだろう。逢音《あおね》に似《に》てるのかな。

『あ・お』の二文字が、頭の中をふわんふわんと揺《ゆ》らす。発作《ほっさ》のときとは違う胸《むね》の痛《いた》みが、おかしなリズムをきざんで広がった。

蒼

母さんが郵便局《ゆうびんきょく》に行くと言うので、わたしもいっしょについていった。阿坂川《あさかがわ》をはさんで、両岸にひしめくように旅館やホテルが並《なら》んでいる。コンクリートでできた大きな恩出橋《おんだしばし》をわたって十字路を右に曲がると、緑の屋根の小さな郵便局がある。旅館やホテルの裏側《うらがわ》には、細い道が迷路《めいろ》みたいにのびている。どうなっているんだろう。

母さんが郵便物の手続きをしている間、横の通路をのぞいてみることにした。短い石段《いしだん》がところどころにある、立てこんだ建物の間を通る小道もある。温泉《おんせん》の硫黄《いおう》のにおいがかすかにしている。

石段を数段のぼったとき、右側の通路の奥《おく》からあわただしげな足音と、やかましい声が聞こえてきた。それはだんだん近づいてくる。

「まずっ……あー、やべー、拓実《たくみ》、ぐずぐずすんな、遅《おく》れるぞ！」

耳に響《ひび》くかすれ声のあと、

「蒼《あお》ったら、いつまでもゲームやってるから。ちょっと待ってよ、速すぎるよ」

あらい息づかいといっしょに、か細い声が聞こえてきた。

今、あおって……？

鼓動《こどう》が激《はげ》しくなる。耳を澄《す》ます。その間にも、声はだんだん近づいてくる。このままだと確実《かくじつ》に鉢合《はちあ》わせする。

どうしようか、逃《に》げようか、と迷《まよ》っているうちに足音が大きく響いてきた。きびすを返しかけたとき、目の前に男の子がものすごい勢《いきお》いで走りだしてきた。

髪《かみ》を刈《か》りあげた、背《せ》の高い少年だ。切れ長な目がいっそうつりあがって、その顔は真《しん》剣《けん》そのものだ。すぐあとから、小柄《こがら》でひ弱そうな感じの男の子が飛びだしてきた。メガ

ネがずり落ちそうになっている。

ふたりはわたしに気がつくと、驚《おどろ》いて急ブレーキをかけた。

「彩音《あやね》、行くわよ。あら、どうかしたの？」

郵便局《ゆうびんきょく》から出てきた母さんが、立ちすくんでいるわたしを見て声をかけた。

「うん？　彩音？」

蒼《あお》と呼《よ》ばれた少年が、目を丸くしてわたしを指さした。

「あっ、ていうことは転校生？　泰《たい》さんの孫の？　ほ、ほら、新学期から転校生が、来るって先生が言ってたけど、そっ、その人？」

拓実《たくみ》という名前らしい少年が、あがった息を整えながらメガネをおしあげてわたしを見た。わたしはおずおずとうなずく。

「そうか、おまえが彩音か」

蒼はじろじろとわたしを見ている。

好奇心《こうきしん》丸出しの無神経《むしんけい》な目つき、カチンときた。呼《よ》び捨《す》ても許《ゆる》せないけど、おまえってなに？

会ったばかりなのに、普通《ふつう》そんなふうに言う？　信じられない、なんて失礼なやつ！

わたしは蒼をにらみ返す。

「蒼ったら、ほら、彩音さん驚いてるよ。あ、あのさ、よかったら、見に来ない？　阿《あ》坂太鼓《さかだいこ》の演奏《えんそう》。この先の朝市広場でやるんだよ」

拓実が蒼の袖《そで》を引っぱりながら、遠慮《えんりょ》がちに言った。

「そうだった、急げ！　彩音もちょっと見に来いよ、太鼓好きだろ。そのあと、いろいろ教えてやっからさ」

言うが早いか、蒼は素早《すばや》くわたしの脇《わき》をすり抜《ぬ》けた。拓実はぴょこんと頭をさげると、あわてて追いかけていった。背中《せなか》が見るまに遠ざかる。

「あら、よかったわね、もうお友だちができたの？　朝市広場って、あそこの小豆色《あずきいろ》の屋根の横ね」

母さんはうれしそうに言うと、恩出橋《おんだしばし》より川下に見えている小豆色《あずきいろ》の屋根を指さした。

友だちだなんて、とんでもない、なんであいつが！

だいたい、なんなの、あの蒼《あお》っていうやつ。えらそうな上から目線の命令口調！　慣《な》れ慣れしいし、がさつで騒《さわ》がしくて、礼儀《れいぎ》知らず。拓実《たくみ》って子はちょっとましっぽいけど、それにしてもひ弱すぎ。

怒《いか》りがぶり返してきた。

「まさか、あんなの。あの蒼って子、信じられないほど最悪！」

「なあに、呼《よ》び捨《す》てにして。でもあの子、あお君っていうの。あの背《せ》の高い子かしら」

母さんは振《ふ》り返《かえ》って見たけれど、もうふたりの姿《すがた》は見えない。

「いいの、あいつ、わたしのこと彩音《あやね》って、おまえって言ったんだよ。わたしだってあいつのこと、呼び捨てにしてやる」

「あらまあ、彩音ったら」

頬《ほお》をふくらませたわたしを見て、母さんは愉快《ゆかい》そうに笑った。

「でもね、阿坂太鼓《あさかだいこ》は阿坂温泉郷《おんせんきょう》の名物だから、見る価値《かち》ありよ。せっかくだから太鼓を見てくるといいわ。逢音なら一目散に飛んでいくわね」

久《ひさ》しぶりに見る母さんの笑顔、なんだかうれしい。怒りがスーッと引いていく。

阿坂太鼓は、逢音のあこがれのまと。阿坂から帰ってくると、さんざん話を聞かされた。阿坂太鼓のまねをして、よくポリバケツ太鼓をたたいて遊んでいた。

だから、ちょっとなら見てもいいかなっていう気持ちになった。これは、蒼に言われたからじゃなくて、逢音の好きな太鼓だから見に行くだけ。

「うーん、じゃあ、様子だけ見てこようかな」

母さんに手を振ると、わたしは小豆色の屋根目指してかけだした。

恩出橋に近づくと、すぐそばから太鼓の音が聞こえてきた。確《たし》かにすごい迫力《はくりょく》だ。お腹《なか》の底にじんじん響《ひび》く。その振動《しんどう》を頼《たよ》りに足を速める。

小豆色《あずきいろ》の屋根の細長い建物は、恩出橋《おんだしばし》からすぐのところにあった。ここで、特産物などを売る朝市が開かれるらしい。広場はその横にあって、真ん中に野外舞台《ぶたい》が組まれていた。

演奏《えんそう》はもう始まっていて、男の人たちが勇《いさ》ましく太鼓《たいこ》をたたいている。

黒のスパッツとTシャツに、黒字に白い線で描《か》かれた籠目模様《かごめもよう》のはっぴ。袖口《そでぐち》は淡《あわ》い桃色《ももいろ》。襟《えり》は黒で『阿坂温泉太鼓《あさかおんせんだいこ》』と白地に染《そ》め抜《ぬ》かれている。黒の豆絞《まめしぼ》りの手ぬぐいの、ねじりはちまきがかっこいい。

はっぴの人たちの真ん中に、ノースリーブの作務衣《さむえ》のようなものを着た男の人がふたり。ひとりは大きな鹿《しか》の角をかぶり、もうひとりは額《ひたい》のところで白いはちまきを結んでいる。太鼓をたたきながら、何か演じているらしい。

そのまわりには、温泉客も見物に来ている。いちばん前の列では、蒼《あお》と拓実《たくみ》がほうけたように舞台を見ている。

蒼って子は、名前は同じでも逢音《あお》とは似《に》ても似つかない。それに、おじいちゃんが言ってたふたりが、あの子たちだなんて最悪だ。新しい学校生活も、さして希望が持てそうにない。大きなため息が口から漏《も》れでた。

そのとき急に曲調が変わって、さっきと同じそろいのはっぴとはちまき姿《すがた》で、男の人と女の人のグループが飛びだしてきた。なかでも、中央で激《はげ》しく太鼓をたたいている人は圧巻《あっかん》だ。

「よっ、待ってました、若《わか》い衆《しゅう》!」

お客さんの中から、声援《せいえん》があがった。

さっきまでの重厚《じゅうこう》な迫力《はくりょく》の太鼓もすごかったけど、若さあふれるパワーにも圧倒《あっとう》される。華《はな》やかでさっそうとした姿もかっこいい。

そのあとまた打ち手が代わり、ますます激しく打ち鳴らす。はずんだりはねたりの激しい動きと、はらわたを揺《ゆ》らす力強い太鼓《たいこ》の音、勇《いさ》ましいかけ声。

不覚にもわたしは、ぐいぐいと引きこまれてしまった。演奏《えんそう》が終わったときには、夢《む》中《ちゅう》になって手をたたいていた。

「な、すごいだろ、阿坂《あさか》の太鼓。どうよ、おまえもおれらといっしょに、太鼓やらない？」

突然《とつぜん》、横から声がした。いつのまにやってきたのか、蒼《あお》と拓実《たくみ》が目を輝《かがや》かせて立っている。

「はあ？　なんでわたしが……」

声が裏返《うらがえ》った。言葉が喉《のど》にはりついて消えた。

「おれらの学校、太鼓クラブがあるんだよ。三年生から入れるんだ。コーチは、阿坂温《おん》泉《せん》太鼓の蓮《れん》さん。ほら、今真ん中で太鼓たたいてた人。なっ、かっこいいだろう」

蒼っていう人は、どうしてこうも唐突《とうとつ》なんだろう。きっと、自分のことしか頭にないからだ。

「わたしは無理。やったことないし、とてもあんなふうになんてできない」

「でもさ、おまえんちのじいちゃんも、若《わか》いころはすげー太鼓うまかったってな。阿坂太鼓で一、二を争うくらいだったって」

「おじいちゃんが？」

そういえば、逢音《あお》に、太鼓を教えたのはおじいちゃんだ。でも、阿坂太鼓に入ってたなんて、おじいちゃん、一言も言ってなかった。

ときどき逢音といっしょに、あのポリバケツ太鼓を打ちながら笑い合っていたことはあったけど、お遊びでやってるとばかり思っていた。おじいちゃんが本物の太鼓を打っている姿《すがた》なんて、見たことがない。

「六年はおまえを入れても八人。全校四十八人の小さな学校なんだ。クラブの成立には五人以上が必要だから、太鼓クラブの存続《そんぞく》は危《あや》ういんだ。おっと、蓮さんだ」

はっぴ姿の若い男の人が、こっちを向いて手招《てまね》きしている。さっき中央で、激《はげ》しく太鼓をたたいていた人だ。後ろでひとつにまとめた髪型《かみがた》が、ほりの深い日焼けした顔に似《に》合《あ》っている。まくりあげた袖口《そでぐち》から、たくましそうな腕《うで》が見えた。

「あっ、じゃあな、考えといてくれな」

蒼《あお》は言うだけ言うと、素早《すばや》くきびすを返してかけていってしまった。

「ごめん、ゆっくり話せなくて。蒼は太鼓《たいこ》のことになると夢中《むちゅう》になっちゃうから。じゃあ、また学校で」

拓実《たくみ》は、早口で言うと、もたもたと蒼を追いかけていった。

結局、わかったことは、全校児童数が五十人にも満たない小さな学校っていうことと、太鼓クラブがあるっていうことだけ。今まで三十人のクラスだったから、八人のクラスが想像《そうぞう》できない。

何よりあの蒼とこの先ずっといっしょだなんて、もうため息しか出てこない。なんだかもやもやした気分になった。

いらだちから逃《に》げるように、家に向かってかけだした。

「どうだった？　クラスメートと話ができたか」

おじいちゃんはごきげんで言った。また、蒼のことを思い出してしまった。わたしは首を振《ふ》ると、むすっとしてリビングのソファーで膝《ひざ》をかかえる。

蒼は、三年生からクラブに入れるって言ってたっけ。逢音《あお》が生きていたら三年生。太鼓クラブに入れる歳《とし》だ。逢音ならきっと、大喜《おおよろこ》びして太鼓クラブに入るだろうな。今日だって、夢中になって太鼓の演奏《えんそう》を見ていただろうな。

なのに……、逢音はもう、大好きな太鼓をたたくことも見ることもできないんだ。わたしが見たってなんにもならない。太鼓クラブに入ったってなんにもならない。太鼓を見たいのは、やりたいのは、逢音なんだから。

……逢音、ごめんね。

久《ひさ》しぶりにあのあやしい胸《むね》のうずきがこみあげそうになる。

大きく息を吸《す》う、少し止めて、ゆっくり吐《は》く。

だいじょうぶ、だいじょうぶ、逢音《あお》は今、小さな雲になって阿坂《あさか》の空を自由にかけ回っているんだから。

目を閉《と》じる。あの日見た小さな雲が浮《う》かんでくる。ポリバケツ太鼓《だいこ》をたたく逢音の笑顔が重なって、涙《なみだ》に揺《ゆ》れてゆがんで見えた。

太鼓クラブ

温泉郷《おんせんきょう》から小高い丘《おか》をへだてたわずかな平地に、阿坂《あさか》小学校は建っていた。小さいながらもモダンな作りだ。

パールホワイトの壁《かべ》にグレーの瓦屋根《かわらやね》が青空に映《は》えている。二棟《とう》の校舎《こうしゃ》の真ん中には昇降口《しょうこうぐち》があって、そこだけ藍色《あいいろ》のトタン屋根になっていてかわいい。ガラス張りのエントランスは、明るくてきれいだ。

校舎に囲《かこ》まれた中庭には、逢音が喜《よろこ》びそうな花畑やひょうたん池が見える。見ているだけでわくわくしてきた。

六年生の教室は北校舎二階のいちばん端《はし》にあった。こぢんまりとしているけど、八つの机《つくえ》を並《なら》べるとちょうどいい広さだ。男子が四人、女子はわたしを入れると四人のクラスだ。自己紹介《じこしょうかい》を終えると、ドキドキしながら席に着いた。

「わたし小林凛《こばやしりん》、よろしくね」

隣《となり》の席の子が、えくぼを頬《ほお》に浮《う》かべてにっこり笑った。

「ああ、うれしい、女子が来てくれて、男女が四対四になる。これで、多数決で負けることないもんね」

「わからないことはなんでも言ってね。この学校は人数が少ないから、いろいろやることと多くてびっくりするよ」

他の女子も気さくに声をかけてくれた。蒼《あお》と拓実《たくみ》以外のふたりの男子も、おとなしい感じの子だった。キャラが強いのは、蒼だけらしいことにほっとした。

この学校では、三年生以上は必ずクラブに入ることになっている。週一回、放課後の一時間が活動時間だ。指導者《しどうしゃ》は地域《ちいき》の人で、太鼓《たいこ》クラブもそのひとつだ。阿坂温泉《あさかおんせん》太鼓の蓮《れん》さんが指導をしてくれるらしい。

「な、今んとこ、おれと拓実と、四年がふたりの四人は確定《かくてい》。クラブ成立まで、あとひとりなんだよ、あとひとり」

蒼はしつこい。顔を見るたび言《い》い寄《よ》ってくる。

「勝手に決めないでよ、わたしは太鼓なんてやりたくないんだから」

今日もけんか腰《ごし》になって、必死で断《ことわ》ってきた。

だいたい、わたしには無理だ。背《せ》は低いし痩《や》せてるし、力強さなんてかけらもない。それに、自分でもあきれるほどのあがり症《しょう》だ。人前で大きな声を出すなんてとんでもない。どんなにがんばっても、阿坂太鼓の人たちのような、華《はな》やかなパフォーマンスはできない。

家に帰ると母さんが、外の流しで青いポリバケツを洗《あら》っていた。

「おかえり、あらあらどうしたの。ここんところずっと、ごきげんななめね」

母さんはちょっと体をななめにかたむけて、顔をのぞきこんできた。

「蒼《あお》がね、太鼓《たいこ》クラブに入れって、うるさくてね」

しぶしぶ、今までのいきさつを話した。母さんは興味深《きょうみぶか》げに聞いている。それから、にっこり笑うと、

「太鼓クラブだってよ、逢音《あお》、どうする？」

手にしていた青いポリバケツに向かって、母さんはたずねた。

「はあ……？　母さんったら、どうしたの、だいじょうぶ？」

逢音のことばかり考えていて、母さんはおかしくなってしまったのだろうか。

母さんはちょっと首をすくめると、

「逢音だったら、即答《そくとう》で、太鼓クラブに入ったわよ、きっと」

と、さばさばと言った。ポリバケツを軒下《のきした》のコンクリートの上に伏《ふ》せると、納屋《なや》に

入っていく。

あっけにとられて見ていると、母さんは大きなポリ袋《ぶくろ》を持ってやってきた。中から出てきたのは、逢音が大切にしていたあのポリバケツ太鼓とバチだ。

「あっ、これって……」

母さんはうなずくと、バチを二本まとめてにぎりしめた。高くかざすと、透明《とうめい》テープをはった面の真ん中をトンとたたいた。くぐもった和太鼓の音がする。

「おじいちゃんと逢音、よくふたりでたたいていたでしょう。おじいちゃんったら、逢音はわしに似《に》て筋《すじ》がいいって、喜《よろこ》んでいてね。でも……」

母さんはグッと言葉を飲みこんだ。

「逢音はこれをたたくことも、もうできなくなっちゃったのよね……」

母さんは太鼓を見つめながらつぶやくと、またバチでドンドンとたたいた。

「太鼓をたたくの好きなんだ、気持ちいいんだって。ぼく、大きくなったら阿坂《あさか》太鼓を

たたくんだって、逢音《あお》の夢《ゆめ》だったね」

母さんはフーと大きな息をついた。

逢音の夢は太鼓《たいこ》をたたくこと。もしわたしがたたけば、逢音もうれしい？

いっしょに太鼓をたたけるって、喜《よろこ》ぶのかな？

もしかして、母さんもそれを望んでる？

うーん、だめだめ、軽はずみに決めたりしたらだめ。あやしい空気を吹《ふ》き消《け》すように、違《ちが》う話題を考える。

「そうだ、蒼《あお》がおじいちゃんは太鼓がうまかったって言ってたけど、ほんと？」

母さんは小首をかしげてから、そうそうとうなずいた。

「彩音《あやね》が生まれる前まで、おじいちゃんも阿坂太鼓に入っていたのよ。っていうより、阿坂太鼓を立ちあげたのは、おじいちゃんと何人かの仲間だそうよ」

「えっ、おじいちゃんが！　そんなこと、全然知らなかった。なんで太鼓をやめちゃったのかな？」

びっくりして、目がひっくり返りそうだ。

「そうねえ、母さんもくわしいことは知らないのよ。おじいちゃんもあんまり話さないしね。でも、あのころはいろんなことが重なっちゃったから、おじいちゃんも大変だったのかな」

母さんはおもむろにバチを振《ふ》りかざすと、ポリバケツ太鼓《だいこ》をドンとたたいた。面の上でバチが小さくはずむ。バケツの側面がキラッと光った。逢音《あお》が大好きだった、マンガのキャラクターのシールだ。キラキラ光るシールで、そのころ流行《はや》ったものだ。

逢音はそれを、バケツの側面のあちこちにはって、満足そうにながめていた。でも、どれも汚《よご》れてはがれそうになっている。

ちょうどそのとき、リビングの電話が鳴った。

「あっ、ちょっと持ってて」

母さんはわたしにバチを手渡《てわた》すと、あわてて家の中にかけこんでいった。

わたしには少し短いミニサイズのバチ。持つところがつるつるして少し黒ずんでいる。

これは、逢音の練習のあかし？

黒ずみの上をそっとなぞって、バチをにぎりしめる。両手を振りあげ、そっとおろす。

トントントンと、バチが軽《かろ》やかにはずんだ。

逢音が喜《よろこ》んで手をたたいているように思えた。

逢音、もっともっとたたきたかったんだよね。この太鼓、大好きだったものね。

宝物のように大切にして、片時《かたとき》も離《はな》さなかったぼろぼろの太鼓。持ち主を失った太鼓が、今は悲しげに見える。逢音がしょんぼりと肩《かた》を落とした気がした。

そうだ、待ってて、逢音……！

わたしはバチをにぎりしめる。逢音は両足をちょっと前後に広げて、こんなふうに構《かま》えて、バチを振りあげて……。あのころの逢音の姿《すがた》を思い出してまねてみる。

逢音《あお》は一気にバチを振《ふ》り落《お》として、そのまま両手で細かく太鼓《たいこ》を打ち鳴らしてたっけ。
「えいっ！」
力いっぱいバチを振りおろしたら、張りのある高い音が飛びだした。
いいじゃん、おねえちゃん！
驚《おどろ》く逢音の、うれしそうな声が聞こえた気がした。はっとしてあたりを見回す。
林の中から空に向かって、翼《つばさ》をいっぱいに広げて飛んでいく小鳥が見えた。

五月になるとすぐにクラブの希望調査《きぼうちょうさ》がある。今日はそのしめきりの日。これを最後に、どのクラブに入るかが決まる。

「どうする？　手芸に入りたいけど毎年希望者が多くって、今年もだめそうかなあ」

板書されたクラブの名前を見ながら、凜《りん》がささやいた。

「そうなんだ、手芸クラブっておもしろそうだもんね」

候補《こうほ》にあがっているクラブの中で、わたしも手芸には興味《きょうみ》があった。小物を作ることは好きだ。自分で作ったものを身につけるとわくわくするから。

でも、このごろ太鼓も気になっている。蒼《あお》に言われたからじゃない。

わたしはあれから、逢音のポリバケツ太鼓をときどきたたいた。逢音が喜《よろこ》ぶと思ったから、その姿《すがた》を感じたかったから。それに、おじいちゃんが太鼓チームを立ちあげたことも、ちょっとは気になってたし。

ポリバケツ太鼓は、思ったよりたやすく音が出た。大きな音が出ると、気持ちがすっきりした。もしかしたら、わたしにもできるかもしれない、そんな気にもなっていた。

「じゃあ、第二希望まで書いて出してください」

一時間目の終わりのチャイムの音と同時に、先生の声がした。

ああ、どうしよう……、手芸にするか太鼓《たいこ》にするかが、まだ決まらない。みんなが席を立って、希望用紙を提出《ていしゅつ》している。

急がなきゃ……、目を閉《と》じる。でも、心の中に浮《う》かびあがってきたのは、逢音《あお》がやりたがっていた阿坂《あさか》太鼓。

わたしが入れば、逢音はきっと喜《よろこ》ぶ。そしておじいちゃんも。それに、太鼓を打つのは楽しかったし。

よし、決めた。わたしは太鼓クラブに入ろう。

第一希望の欄《らん》に「太鼓クラブ」と書いた。心臓《しんぞう》がドキドキして、飛びだしそうだ。紙を手で隠《かく》すようにして、急いで提出した。

朝、教室に行くと、蒼《あお》が黒板の前で騒《さわ》いでいた。

「やりぃー、太鼓クラブは、メンバー五人確保《かくほ》！　今年も太鼓クラブ成立だー！」

掲示物《けいじぶつ》を見ながら、両手を高々《たかだか》とあげている。

「あっ、サンキュウ、彩音《あやね》。貴重《きちょう》なひとり！」

わたしに気づいて、蒼が叫《さけ》んだ。胸《むね》がドキンとはねた。本当に太鼓クラブになったんだ。

「あれ、かわいそう、太鼓クラブになっちゃったんだ。わたしも第二希望にうつされちゃったよ。手芸は人数がいっぱいで、落ちた人たくさんいたみたい」

凛《りん》が、残念そうに顔をしかめた。凛はわたしも、手芸クラブを希望したと思っているみたい。わたしはぎこちない笑顔を返して席に着く。まだ胸がドキドキしている。

蒼がにこにこしながらかけ寄《よ》ってきた。ここに越《こ》してきて、初めて蒼の顔をまともに見た。それも笑顔。

それにしても、どうして蒼《あお》は、不人気な太鼓《たいこ》クラブに、これほどまでに固執《こしつ》するんだろう。蒼は運動神経《うんどうしんけい》がいいらしく、走るのも球技《きゅうぎ》も得意《とくい》だ。休み時間になると、運動場で楽しそうにサッカーボールを追いかけている。男女に一番人気のスポーツクラブに入っても、まちがいなく目立つ存在《そんざい》になれるはずなのに。

「太鼓クラブはな、地区の行事や文化祭、運動会には昔から必ず参加して、太鼓を演奏《えんそう》してきたんだ。ちょっとしたヒーローになれるんだぜ、おれたち」

蒼は得意げに鼻をこすった。

「えっ、クラブの時間だけじゃないの？」

「あったりまえ、クラブの時間だけじゃあもったいないだろ。けっこう忙《いそが》しいんだ。温《おん》泉郷《せんきょう》のお焚《た》きあげでも太鼓をたたいたんだぜ。すげえ喜《よろこ》んでもらえたんだ」

蒼は宙《ちゅう》で太鼓をたたくまねをして、ポーズを決めた。

「もしかしたらだめかなって心配してたんだ。よかった、彩音《あやね》さんが入ってくれて。これで今年も太鼓ができるぞ。ぼくも太鼓が好きなんだ。いっしょにがんばろうね」

目をパチパチしているわたしに、拓実《たくみ》が人のよさそうな笑みを浮《う》かべてうなずいた。

地区の行事にも出るって？　お焚きあげって、なに？　ああ、どうしよう、そんなの聞いてない。

それも女子は、わたしひとりきりだなんて……。他のふたりは、拓実の弟とその友だちだ。

ああ、神様、わたしはヒーローになんかなりたくない。

でも、明日の六時間目が第一回目。さっそく指導者《しどうしゃ》の蓮《れん》さんがやってくる。今さらやめることはできない。

「だいじょうぶ？　蒼ったら強引《ごういん》だから、断《ことわ》りきれずに第二希望に書いちゃったんでしょ。でもね、楽しそうだよ、太鼓クラブも」

凛《りん》はすっかり、わたしが第一希望を手芸にしたと思いこんでいる。今さら本当のことは言いづらい。ましてや、泣きごとなんて言えない。だってこれは、わたしが決めたことだ。弱気は禁物《きんもつ》、がんばれ、わたし。逢音《あお》のために、わたしは太鼓《たいこ》をたたくんだから。にぎりしめた手に、ぎゅっと力を入れる。

今日はいよいよ、クラブの初日。

太鼓クラブの練習場は体育館。ここなら大きな音を気にせず太鼓を打てそうだ。ステージの左側の袖《そで》に、楽器置き場の部屋がある。

高さ七十センチくらいの樽型《たるがた》をした中太鼓《ちゅうだいこ》が三個、三十センチくらいの小太鼓《こだいこ》が二個。平べったい太鼓と、動きながら打てる担《かつ》ぎ桶《おけ》太鼓がひとつずつ。金属製《きんぞくせい》の打楽器で、小さな皿のような形をした鐘《かね》もある。隅《すみ》の方には、太鼓を置くための台がいくつも置かれている。

とりあえず、クラブ活動の一番の目標は十一月のクラブ発表会。全校の児童の前で演《えん》奏《そう》して、活動の成果を見せなくてはならない。それに向けて練習する演目《えんもく》は、毎年決まっている『勇駒《いさみごま》』。できそうだったら、他にアレンジ曲も加えるらしい。

「『勇駒』という曲はな、大切に育ててきた馬を京に送りだす門出《かどで》の曲だ。若駒《わかごま》がピョンピョンはねる様子を、思《おも》い浮《う》かべて打つんだ」

蓮《れん》さんは力をこめて言った。

次に、太鼓の割《わ》りあてが発表された。わたしは中太鼓に決まった。六年生だからって、初心者だけど大きい方の太鼓になってしまった。拓実《たくみ》といっしょなのは少しだけ心強い。

四年の慎《しん》と隼人《はやと》は小太鼓に、交代で鐘も担当《たんとう》する。

蒼《あお》は平べったい太鼓と、担ぎ桶太鼓もやる。曲の途中《とちゅう》のソロ部分で、蒼は動きをつけながら担ぎ桶太鼓をたたくようだ。

蓮さんは特別出演《とくべつしゅつえん》で、阿坂《あさか》太鼓が使う大太鼓を本番で入れる。

蓮さんがわたしのサイズに合わせて、バチを選んでくれた。ずんと重い。おじいちゃんの作ったアオダモのバチは、もっと細くて軽かったのに。

中太鼓《ちゅうだいこ》の前に立つ。大人も使う太鼓だから、予想以上に大きくて迫力《はくりょく》がある。ぴかぴかと光る太鼓の木目、ぴんと張った使いこまれた皮。よくたたかれる真ん中は白くなっている。その威圧感《いあつかん》といったらハンパない、ポリバケツ太鼓とはかなりのギャップだ。

「まず、足を前後に開いて腰《こし》を落とす。足の親指で地面をつかむように立つ、そうするとしっかり打てるんだ。背筋《せすじ》はのばす。肩《かた》の力は抜《ぬ》いてな」

蓮《れん》さんの言葉に、みんないっせいに構《かま》えのポーズをとる。

前の足って、左？　後ろの足ってどのくらい開くの？

足の指って曲げちゃうの？

肩の力って、どうやって抜くんだっけ？　腰を落とすって？

考えるとわからなくなる。体が突《つ》っ張《ぱ》った感じ、ロボットになったみたい。

「彩音《あやね》さん、前に出すぎだ。力が入りすぎてるぞ、もっと自然に構えろ。いいか、バチは腕《うで》の延長線上《えんちょうせんじょう》、立つ位置は、腕を軽くのばしたとき、バチ先が鼓面《こめん》の中心に来るところ。そこがいちばんいい音がするんだ。腕を大きく振《ふ》りかぶって、ムチを打つように腕をしなやかにおろしてたたくんだ」

わたしの様子に気づいて、蓮さんが声をかけてくれた。

ムチを打つ？　そんなのしたことがないからわからない。

思いきって振ったら、右手のバチから、ポコンとかたい音がした。左手のバチはフチに当たって、カツッと木をたたいた音がした。

「フチ打ち、まだ習ってもないのにうまいじゃん」

すかさず蒼《あお》が聞きつけて、嫌味《いやみ》を言った。

そのあと何度も太鼓をたたいた。ポリバケツ太鼓は軽く音が出たのに、本物の和太鼓は、ぴんと張った皮におし返されて、軽い音しか出てこない。

「手だけで打ってるからだめなんだ、もっと全身と腰を使って、そーれ！」

いつもはふざけてばかりいる蒼《あお》だけど、太鼓《たいこ》のことになると人が変わったようにこわい顔になる。それに、蓮《れん》さんより口うるさい。

太鼓クラブも本物の太鼓も、それに蒼のことも、よく知りもせずに入ったのはうかつだった。あまりに覚悟《かくご》が足りなすぎた。逢音《あお》、太鼓クラブは大変だよ、それに、本物の太鼓は、そんな簡単《かんたん》なものじゃなかったよ。

家に帰ってもため息ばかりが出る。肩《かた》も腕《うで》も腰《こし》も重い。歩くたびに、ももやふくらはぎがぴりぴり痛《いた》い。できるだけ体を動かさないように、そろりそろりと動く。

でも、次の日には、体中がさらに最悪な状態《じょうたい》になっていた。全身の筋肉痛《きんにくつう》だ。

「どうしたの、おかしな歩き方して」

階段《かいだん》をやっとで下りたわたしを見て、母さんが目を丸くした。

「太鼓クラブで、本物の太鼓たたいただけ。体中が痛い」

キッチンの椅子《いす》にそっとこしかけて、ほっと息を吐《は》く。

「それだけがんばって太鼓をたたいたってことだな。すぐに筋肉痛が出るっていうのは若《わか》い証拠《しょうこ》だ。うらやましいもんだ」

父さんは新聞から顔をあげると、まぶしそうにわたしを見た。

「とんでもない、太鼓ってあんなに野蛮《やばん》なものだなんて知らなかった。拷問《ごうもん》だよ、拷問」

わたしは思いきり頬《ほお》をふくらめる。

「おー、ほほっ、拷問ときたか、そりゃあ、今ごろ太鼓も驚《おどろ》いとるぞ」

膝《ひざ》に薬をぬっていたおじいちゃんが、おかしな声を出して笑いだした。

「今日だけ車で送ってあげようか、その様子じゃあ、二十分の通学時間も一時間以上になりそうよ。まあ、そのうち慣《な》れて筋肉も鍛《きた》えられるわよ」

母さんは、なんでもないふうにさらりと言った。

家族は誰《だれ》ひとり、わたしの心と体に受けた痛みを知らない。むしろ、太鼓クラブに入ったことを楽しんでいるみたい。

わたしは膝《ひざ》をぴんとのばしたまま立ちあがる。ロボット歩きのまま、洗面所《せんめんじょ》に向かう。鏡に映《うつ》ったさえないわたしの顔に、嫌味《いやみ》な蒼《あお》の顔が重なってくる。

初回から弱音を吐《は》くなんてできない。蒼に言われっぱなしなのもしゃくだ。勢《いきお》いをつけて顔を洗うと、頬《ほお》を両手でぱしっとたたいた。

「おまえなー、やたら力ばっかり入れたってだめなんだよ、ふんばれよ、声出せよ！」

今日も次々《つぎつぎ》と、蒼のきつい言葉が飛んでくる。

「やってます！　それに、わたしは、おまえじゃありません」

「名前で呼《よ》ばれたかったら、ちゃんと打てよ」

蒼は切れ長の目をギュギュッとつりあげて、するどくわたしをにらむ。

ああ……、やっぱり入るんじゃなかった、こんなクラブ。このごろは筋肉痛《きんにくつう》に悩《なや》まされることはなくなった。でも、今度は技術《ぎじゅつ》の問題だ。

慎《しん》と隼人《はやと》は、太鼓クラブは二年目だ。腰《こし》を落として、バチを振《ふ》りあげドンと打つ姿《すがた》も様《さま》になっている。ひ弱に見えた拓実《たくみ》も、太鼓を打つときだけはちょっとりりしい。

「そう、ガミガミ言うなよ、蒼。おまえと違《ちが》って初心者だぞ。彩音《あやね》さんはリズム感がいいから、コツさえつかめばすぐに蒼よりうまくなっちまうぞ」

蓮《れん》さんが助け船を出してくれた。

力を入れると、腕《うで》も肩《かた》もコチコチになって、腰を落とすことができない。腰を落とすと、太鼓を打つ手に力が入らない。手に力を入れるとかたい音が出て、みんなのように連打できない。

負の連鎖《れんさ》だ。体がどんどんこわばって、音がずれていく。

途中《とちゅう》で声をかけあうところがあるけれど、それも無理。大きな声を出すのは苦手だ。やけくそになってがなったら、低い男子の声の中でわたしの声だけ浮《う》いていた。

「歌うたってんじゃないんだぞ。まじめにやれよ」

すかさず蒼《あお》のどなり声が飛んできた。

まじめです、大まじめです、本気でやってます！

心の中で言い返す。

そのとき、蒼がわたしをにらんで、吐《は》き捨《す》てるように言った。

「そんな演奏《えんそう》してたら、弟に笑われるぞ」

頭がパーンと割《わ》れるような衝撃《しょうげき》に、目の前がくらっと揺《ゆ》れた。

弟って……なんで蒼が知ってるの？

でも、声にならない、バチを持った手がぶるぶる震《ふる》える。

「おいおい、蒼、いくらなんでも言いすぎだよ」

いつも後ろでおろおろしているだけの拓実《たくみ》が、めずらしくわたしたちの間に割ってでた。でも蒼は、唇《くちびる》をギュッとかんでそっぽを向いた。

どうせ噂《うわさ》で逢音《あお》のことを聞いたんだ、かわいそうな子だったたって。

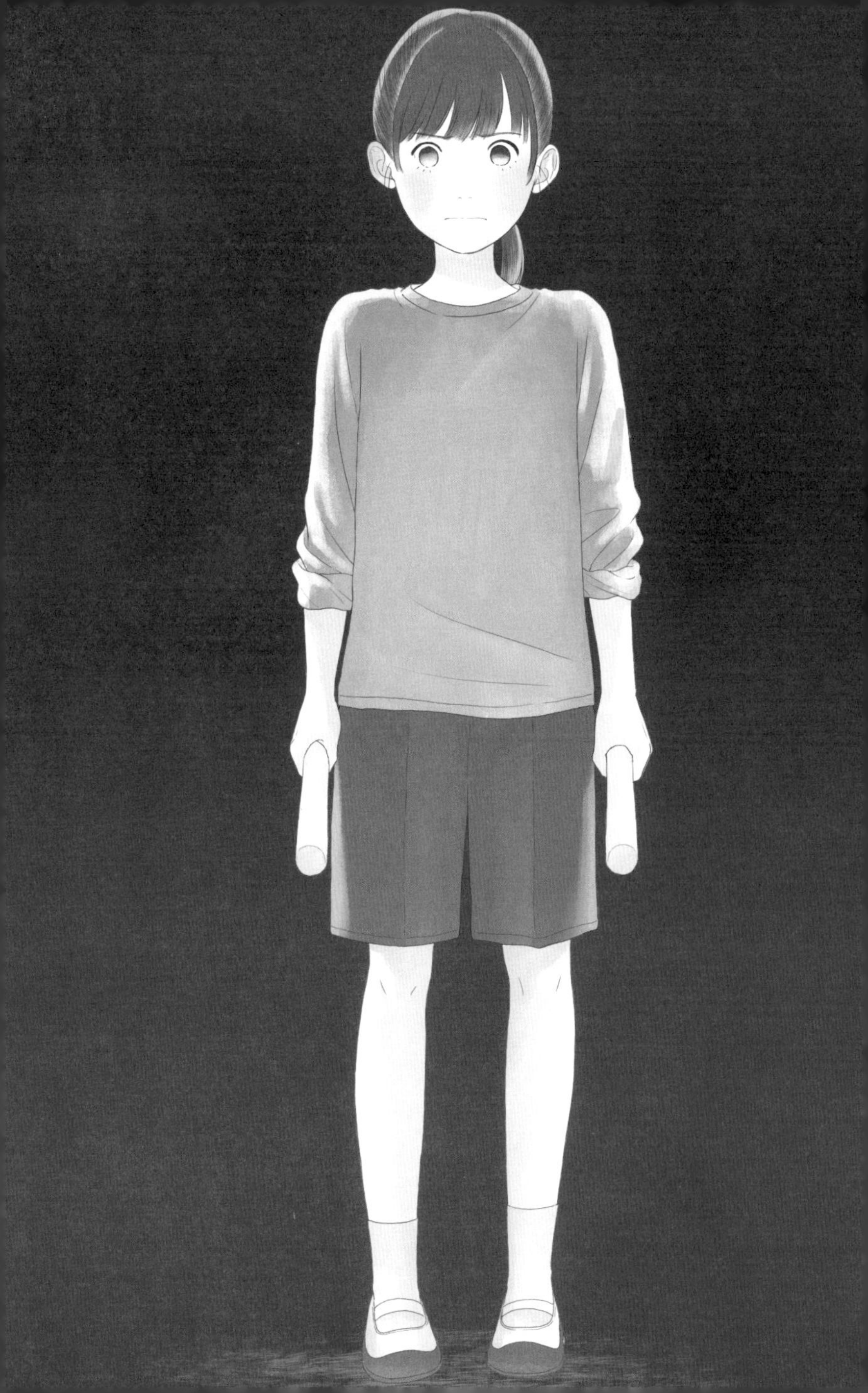

何も知らないくせに、逢音《あお》のことを興味本位《きょうみほんい》で言ってほしくない。逢音と、わたしが太鼓《たいこ》が下手なのとは関係ない。人の心に土足で踏《ふ》みこむ無神経《むしんけい》な蒼《あお》が許《ゆる》せない。

もう、蒼の顔なんて見たくない。そんなだから誰《だれ》も太鼓クラブに入らないんだ。それでもわたしは入ってあげたのに。週一回のクラブの時間はまるで地獄《じごく》、ただ苦痛《くつう》なだけだ。

もうがまんの限界《げんかい》！

「もういい、わたし、やめるから」

バチを放ると、体育館を飛びだした。

逢音だったら、きっとこんなふうに太鼓を投げだしたりしない。

「なさけないなー、おねえちゃん」

逢音は、顔をしかめて怒《おこ》ったように言うはずだ。

わかってる、でも……。

あっ、でも、もしもよ……、逢音だって、こんな目にあったら太鼓クラブをやめるって言いだしたかも……。

わずかな期待をいだいて見あげた空は、雲ひとつない青空だ。逢音にあきれられた気がして、ますます落ちこむ。

ああ、どうして太鼓クラブに入ったのが、逢音じゃなくてわたしだったんだろう。

部屋に入ると、ベッドの上にダイブした。


その夜、久しぶりに発作《ほっさ》が起きた。

原因《げんいん》は、すべて蒼のせい、太鼓のせい。

「このごろ発作が起きないと思って安心してたけど、そろそろ、疲《つか》れが出てくるころだからね」

母さんはわたしの背中《せなか》をさすりながら、ぽつりとつぶやいた。

二枚《まい》の絵

逢音《あお》と植えたブルーベリーの木に、たくさんの実がなった。大粒《おおつぶ》な甘《あま》い実は逢音の大好物だったから、たっぷりお皿に盛《も》ってお供《そな》えする。

母さんは、納戸《なんど》にしまいこまれた手つかずの、引《ひ》っ越《こ》しの荷物を片《かた》づけている。

「今まで荷物を整理する余裕《よゆう》もなくてね。あら、これは引っ越しの荷物じゃなさそうだけど、何かしら？」

納戸の棚《たな》の上に置かれた、カラフルなお菓子《かし》の箱に気づいて声をあげた。上蓋《うわぶた》に『たからばこ』と、クレヨンで書かれている。逢音の字だ。

「あら、逢音ったら、いつのまにこんなの作っていたのかしら」

母さんは『たからばこ』の蓋をそっと開けた。箱の中にはいろんなものが入っている。カラフルなシーグラス、キャラクターのカード、ガチャガチャのカプセル、壊《こわ》れた時計の部品やわけのわからないがらくた、粘土《ねんど》で作った動物のかけら。

そして、いちばん下には二枚の絵。きちんと二つに折りたたんである。

一枚目は、花火をバックに太鼓をたたく男の子の絵だ。矢印で『ぼく』って書いてある。絵の中の逢音は、頭上でバチをクロスさせて、得意《とくい》げにポーズを決めている。逢音の持っている中にはなさそうな、黒とグレーの入りまじった着物みたいな長い服を着ている。

「あら、これは?」

母さんが首をかしげた。

二枚目には、黄土色のかたまり。よく見ると、目や鼻や口が描《か》いてある。

「ぎょろりさんだよ。ほら、恩出橋《おんだしばし》の」

わたしが言うと、母さんは「ああー」と、大きくうなずいた。

大小さまざまないろんな顔をしたぎょろりさんが、紙いっぱいにいくつも描《か》かれている。どうしてこんなにたくさんいるんだろう。

その中のいちばん大きなぎょろりさんは、頭と口のまわりが白いクレヨンでぬられている。大笑いしたぎょろりさんの顔だ。

「どうして、ぎょろりさんが笑っているの？」

ぎょろりとした大きな目、獅子《しし》の鼻のような丸い鼻の穴《あな》、ぴんとのびたひげに、キバのある横開きの大きな口。恩出橋《おんだしばし》で見るぎょろりさんは愛嬌《あいきょう》はあるけど、わたしにはこわい顔に見えていた。

そういえば春休みに阿坂《あさか》に来たとき、ぎょろりさんが笑ったって、逢音《あお》は言ってたっけ。どうして、逢音には笑っているように見えたのかな？

右下に逢音の角張《かくば》った字で、『白石あお』と書いてある。

この絵はきっと、去年の春休みに書いたんだ。やっと「白」と「石」の字を習ったんだよって喜《よろこ》んで、逢音はいろんなものに名前を書いていた。でも、これが逢音の最後の宝物になっちゃったんだ。

胸《むね》が重い。胸の奥《おく》の厚《あつ》い扉《とびら》が開けられそう。わたしは絵から目をそらして庭を見る。大きく息を吸《す》う。

ゆっくりゆっくり、一、二、三……。

「まあ、どっちもよく描けてること、額《がく》に入れて飾《かざ》っておこうか」

そう言いながら母さんは、じっと絵に見入っている。母さんの横顔もつらそうだ。静かな時が流れていく。棚《たな》の上の置き時計の、秒針《びょうしん》の音が大きく響《ひび》く。

その静けさの中に、かすかに太鼓《たいこ》の音がした。中庭の方から聞こえてくる。

縁側《えんがわ》に行くとおじいちゃんが、逢音のポリバケツ太鼓を前に、ぼんやりと座《すわ》っていた。

「昔取ったきねづかも、使わないとだめになるわ」

わたしに気づくと、おじいちゃんははずかしそうに笑った。

「おじいちゃんはどうして、太鼓《たいこ》をやめちゃったの？」

「うん？　じいちゃんか。そりゃ歳《とし》を取ると、体がもたんでな」

おじいちゃんはそう言うと、自分の腕《うで》と足をパンパンとたたいた。

「だって、おじいちゃんは阿坂《あさか》太鼓チームを立ちあげたんでしょ」

ずっと心の中にあった疑問《ぎもん》だ。あんなに苦しい太鼓なのに、どうしてやってみようと思ったんだろう。もしかしてやめちゃったのは、わたしと同じでつらくなったから？

ありえない答えを期待して、おじいちゃんの唇《くちびる》を見つめる。

「ああ、あのころは若《わか》かったからなあ。地元の芸能《げいのう》を団体客に見てもらおうってな。名だたる郷土《きょうど》芸能も、もとは創作《そうさく》されたものだ。十年も継続《けいぞく》すればりっぱな伝統芸能になれるって、そりゃあがんばったさ」

おじいちゃんは、懐《なつ》かしそうにバチを手のひらの上で転がした。

「でもな、やっと阿坂太鼓が軌道《きどう》に乗りだしたころ、ここらあたりは大きな災害《さいがい》に見舞《みま》われたんだ。高台にあった農園は根こそぎやられてな、ひどい被害《ひがい》を受けた。そのうちばあさんも倒《たお》れて亡《な》くなってしまってな。何をやっても裏目《うらめ》に出て、じいちゃんもちょっと体を壊《こわ》した。そんなこんなで、あとは仲間に夢《ゆめ》を託《たく》したんだ」

予期していなかった返事に言葉がつまった。わたしとは、つらいのレベルが全然違《ちが》う。そんな大変な目にあっただなんて。おじいちゃんはいつも、陽気でたくましくて、なんでもできて強かったから、そんな姿《すがた》が想像《そうぞう》できない。吸《す》った息の行き場をなくして、グッと飲みこむ。

「じいちゃんのことより、どうだ、彩音《あやね》の太鼓の方は？」

突然《とつぜん》、おじいちゃんがど真ん中に直球を投げてきた。胸《むね》がずきんと痛《いた》い。

体育館を飛びだしてから、太鼓クラブには行っていない。もう二回もクラブを休んでいる。

蒼《あお》は何も言わない。教室で会っても、顔をそむけて行ってしまう。拓実《たくみ》は何か言いたげにもじもじして、わたしの顔を見ているだけだ。

「わたしには太鼓《たいこ》は向かないみたい。逢音《あお》とは違《ちが》うから」

うつむいたひょうしに、自分でもびっくりするくらいの、大きなため息が飛びだした。

おじいちゃんはちょっとだけ目を見開くと、小さくうなずいた。

「どうだ、じいちゃんとちょっくら遊んでくれんか」

おじいちゃんはよっこらしょっと腰《こし》をあげて、母屋《おもや》の横の蔵《くら》に向かって歩いていく。

手術《しゅじゅつ》から四か月たった今は、週二回のリハビリの成果もあってずいぶん歩けるようになってきた。でも右膝《みぎひざ》の痛《いた》みは、まだ残っているようだ。

おじいちゃん、何をするんだろう、不思議に思いながらあとを追った。

蔵の奥《おく》には、青いビニールシートをかぶせた丸い大きなものが置かれていた。おじいちゃんはそっとそのビニールシートをめくった。

「うわあ、本物の太鼓だ、これってどうしたの、おじいちゃん!」

学校の中太鼓より一回り大きい。胴《どう》はつるつるに磨《みが》かれて光っている。皮は使いこまれたらしく、白くなった真ん中を残して、こげ茶色に光っている。その上に置かれたバチは、しっとりとしたつやがある。

「ああ、じいちゃんの太鼓だ。長いこと眠《ねむ》らせてあったがな」

おじいちゃんは懐《なつ》かしそうにバチを見つめていたと思ったら、右膝を少しのばして腰を落とすと、ふいに太鼓をたたきだした。それも、ごく普通《ふつう》に、構《かま》えることなく。

おじいちゃんの腕《うで》が、やわらかくしなる。スナップがきいていて、小気味よい。太鼓の皮の上で、規則《きそく》正しくDの字みたいな半円を描《えが》く。全然力を入れていないようなのに、大きな音が飛びだしてくる。

「すごいね、おじいちゃん、膝が痛いのに、どうしてそんなに簡単《かんたん》に打てちゃうの?」

「力の抜《ぬ》きかげんだな」

「えっ、力の入れかげんじゃなくて?」

「うまい人ほど、力を抜《ぬ》いてたたくんだ。腕《うで》や手先だけで打つんじゃないぞ、全身や腰《こし》を使って、スナップをきかせてな。手首の力が入るとうまくたたけん」

おじいちゃんはのってきたみたいで、楽しげに瞳《ひとみ》を輝《かがや》かせて太鼓《たいこ》を打ちまくる。

ドドドドドン、と鳴らして最後のポーズを決めた。逢音《あお》の絵とそっくりだ。

「さあ、今度は彩音《あやね》の番だよ」

おじいちゃんはそう言うと、バトンを渡《わた》すように、わたしの手のひらにバチを置いた。

「親指と人差し指で軽くにぎるんだ。他の指はバチにそえる程度《ていど》にな」

言われるままにバチを持つ。

「太鼓をたたく瞬間《しゅんかん》だけ、そえている指をにぎりしめて、ほれ、打て！」

おじいちゃんの声に合わせて太鼓をたたく。

「そうそう、うまいぞ、彩音太鼓！」

おじいちゃんも正面で、目に見えない太鼓をたたく。楽しそうに笑いながら、体でリ

ズムを取りながら。

頬《ほお》がゆるむ、わたしの体もリズムに合わせて自然と動く。

楽しい。おじいちゃんとたたく太鼓《たいこ》は、コチコチにかたまっている体の力をときほぐす。ただただ、楽しい。逢音《あお》も、きっとこんな気持ちだったんだね。

と、そのとき、おじいちゃんの体がよろめいた。

「だいじょうぶ、おじいちゃん？」

「あはは、年甲斐《としがい》もなくはしゃぎすぎた。足がもつれただけだ。ああ、彩音《あやね》のおかげでいい汗《あせ》がかけたぞ」

おじいちゃんは右膝《みぎひざ》をくりくりなでると、額《ひたい》に浮《う》かんだ汗をふいた。

「逢音にな、約束しておったんだ。今度来たときは、本物の太鼓をたたかせてやるって。こんなことならあのとき、たたかせてやるんだった……」

おじいちゃんはグッと唇《くちびる》をかみしめた。つらそうなおじいちゃんの顔。おじいちゃんが何を思っているのか、わたしにはわかる。

わたしと同じ？　おじいちゃんも胸《むね》の奥《おく》に、つらい思いがある？

「どうら、ちょっと風呂《ふろ》にでもつかるとするか」

おじいちゃんは頭を大きく振《ふ》ると、わたしを見てほほえんだ。

お風呂に入るのは、太鼓をたたいたあとの、逢音とおじいちゃんのお決まりのコースだ。

「うん、わたし、お風呂にお湯を張《は》ってくる」

涙《なみだ》が浮かびそうになったから、わたしはあわててお風呂場に走っていった。


「あら、父さんったら忘《わす》れ物《もの》だって」

携帯《けいたい》を切ると、母さんはあわてて立ちあがった。玄関《げんかん》に大きな茶封筒《ちゃぶうとう》が置いてある。

今日は土曜日で学校は休みだけど、観光客が多いこの時期、父さんは何かと忙《いそが》しそうだ。午後から観光センターで打ち合わせがあるらしい。センターは朝市広場のそばにある。

「オッケー、わたし、とどけてくるよ」

わたしは茶封筒《ちゃぶうとう》を受けとると、自転車に乗ってセンター目指してこぎだした。

観光センターに入ったすぐのところに、大きなカウンターがある。その横にはたくさんの温泉《おんせん》のパンフレットが並《なら》んでいる。父さんはまだ来ていないらしいから、その間、ロビーで待つことにした。

壁《かべ》にはいろんな写真が飾《かざ》られていた。一枚《まい》ずつ見て回る。阿坂《あさか》の昔の風景や行事、阿坂太鼓《だいこ》の写真もたくさん並んでいる。

その奥《おく》にも小さなコーナーがある。あそこには何が飾ってあるんだろう。角を曲がって写真を見たとたん、わたしの目は釘付《くぎづ》けになった。

これは、あの黄色っぽい大きなわらの顔は、ぎょろりさん？

どうしてここに、こんなにいっぱい？

でも、感じがちょっと違《ちが》っている。わたしの知ってるぎょろりさんは、恩出橋《おんだしばし》でいつも見るぎょろりさん。頭に大きなわらの笠《かさ》のようなのをかぶって、高さはわたしと逢音《あお》を重ねたくらいに大きい。そこに、大きな目と鼻と口がついていて、ちょっとこわい顔をしている。

でもここに写っているぎょろりさんは、てっぺんにつけたわらの飾りがいろいろだ。輪にしたものやリボンにしたもの、ピンと立たせたものもある。縄《なわ》を巻《ま》いて作った、ベレー帽《ぼう》をかぶっているものまである。大きさも飾りもさまざまで、一体として同じものがない。

でも、どれもいかめしい顔ばかりだ。

「どうしてここに、ぎょろりさんが……?」

わたしは思わず息をのむ。写真にかけ寄《よ》る。

「はあっ?　ぎょろりさんって、なんだ?」

突然《とつぜん》後ろから声がした。心臓《しんぞう》がはねあがった。振《ふ》り返《かえ》ると、そこに蒼《あお》がいた。

「わりい、驚《おどろ》かせちゃった?」

蒼《あお》はばつが悪そうに鼻の頭をかいた。

「なんで、ここにいるのよ」

「おれ、阿坂太鼓《あさかだいこ》の写真よく見に来るんだ。新しく入れかえたって蓮《れん》さんが言ってたから見ようと思って来たら、ちょうどおまえを見かけたってわけ。あっ、やっぱ写真が入れかわってる、ほんと、阿坂太鼓はいつ見てもかっこいいよな」

蒼はわたしを怒《おこ》らせたことなど忘《わす》れたみたいに、ほれぼれとした顔で写真を見つめた。

「そんなに好きなら、阿坂太鼓に入ればいいのに」

皮肉をこめて言ったつもり。でも蒼は、

「入れるもんならすぐ入ってるよ、でも、中学生にならないと入れないって。ひでえよな」

肩《かた》を落とすと、大きなため息をついた。でもすぐに、ぐいっと顔をあげてわたしを見た。

「そんで、ぎょろりさんって、なんだ?」

蒼の変わり身の早さに追いつけない。

「ほら、この写真に写ってる、わらの……」

わたしはしどろもどろになりながら、ぎょろりさんを指さす。蒼はきょとんとしてわたしを見た。

「だって、目がぎょろりとしてこわい顔をしてるから……」

「ああ、だからぎょろりさんか、おもしれー。うん、なるほどな」

ばかにされるかと思った。でも、蒼はけっこう気に入った様子で、腕組《うでぐ》みをしてぎょろりさんの写真をながめている。

「ぎょろりさんもいいけどさ、本当の名前は湯屋守様《ゆやもりさま》っていうんだ。毎年冬になると、阿坂温泉郷《おんせんきょう》をにぎわしてくれるんだ」

「湯屋守様……？　それがぎょろりさんの名前？」

「うん、初めて見た人はたいがい驚《おどろ》くぜ。ちょっと見は、顔だけのおばけだもんな。でも湯屋を守る神様に代わって、疫病神《やくびょうがみ》をやっつけてくれるすごい神様なんだ」

「神様！　ぎょろりさんが？　でも、なんでこんなにたくさんいるの？　恩出橋《おんだしばし》にある一体だけじゃないの？」

「それぞれの旅館で毎年一体ずつ、湯屋守様《ゆやもりさま》を作るんだ。旅館が十六、いや、十七あるっていうと、毎年十七体か。その他に、恩出橋に置かれる高さ三メートルの大《おお》湯屋守様。これは湯屋守様の大将《たいしょう》だから、みんなで集まって作るんだ」

「えっ、十七も！　わたし、恩出橋の大きなぎょろりさんが一体だけかと思ってた、びっくり」

わたしの目が、ぎょろりさんみたいに大きくなる。

「おまえの弟もここで写真を見たとき、そうやって驚《おどろ》いてたよ」

蒼《あお》はちょっと考えるしぐさをすると、ぎょろりさんに目をやった。

「弟って、もしかして、逢音《あお》を知ってるの？」

「ああ、あいつ、阿坂太鼓《あさかだいこ》の練習場によく見に来てたからな。あんなところまでひとりでやって来るなんて、おれと同じでよっぽど太鼓が好きなんだな」

またまたびっくりだ、蒼と逢音が出会ってたなんて。練習場にまで行ってたなんて。

まじまじと蒼の顔を見つめた。

「なっ、なんだよ。あっ、練習場の場所か？」

わたしの視線《しせん》にたじろいで、蒼は何を勘違《かんちが》いしたのか、北側の窓《まど》を指さした。

「あっ、ほら、国道沿《ぞ》いに大きな鳥居《とりい》が見えるだろ。そこをくぐって、ずっと山道をのぼったとこにあるんだ」

あの鳥居の先の道は、阿坂神社に続いている。その奥《おく》は深い山になっている。

「鳥居をくぐってすぐ右の脇道《わきみち》に入るんだ。すぐに坂道になって、少しのぼると田んぼが見えてくるんだ。その奥の林の中にある小屋が、そう。山ん中だから、大きな音出しても平気だしな」

わたしが聞いてもいないことをひとりでしゃべりまくると、蒼は急に口を閉《と》じた。なにか言いたげにもじもじしている。

と、突然背中《とつぜんせなか》を向けると、こぶしをグッとにぎった。

「えーっと、それと……それと、ごめん」

つぶやくような小さな声。よく聞きとれなかったけど、ごめんって言葉ははっきりと聞こえた。

もしかして、太鼓《たいこ》クラブのこと？

見ると、蒼《あお》の耳も首も真っ赤だ。今日はびっくりすることばかりある。

「おっと、帰んなきゃ。阿坂《あさか》太鼓の練習見たけりゃ、練習場に連れてってやるぜ」

背中を向けたまま早口で言うと、蒼は片手《かたて》をあげてロビーからまたたく間に走りさってしまった。

胸《むね》がドキドキする。蒼の真っ赤になった首筋《くびすじ》が目に浮《う》かぶ。

わたしのこと、少しは気にしてくれてたのかな？　ちゃんとこっちを向いて言ってくれればいいのに、蒼って素直《すなお》じゃないんだな。そう思うとちょっと笑えてくる。

でも、「ごめん」の一言で、気持ちが少し軽くなった。

それにしても、ぎょろりさんたちがそんなにえらい神様だなんて知らなかった。

「逢音《あお》、ビッグニュースだよ。ぎょろりさんはね、湯屋守様《ゆやもりさま》っていう神様なんだって。疫病神《やくびょうがみ》をやっつけてくれる、すごい神様なんだって。他にもたくさんいるんだって」

恩出橋《おんだしばし》といっしょに写ったぎょろりさんらしい写真に話しかける。目を丸くする逢音の顔が、ぎょろりさんに重なった。

あれ？　でも、待って、なんかおかしい……。

蒼は、さっき、逢音もこの写真を見てわたしみたいに驚《おどろ》いてたって言ってた。

っていうことは、もしかして、逢音、知ってたの？　湯屋守様のこと。

蒼から聞いていたの？

あのたくさんのぎょろりさんの絵は、この湯屋守様たち？

それに、ひとりで阿坂太鼓《あさかだいこ》の練習を見に行ってたって本当?

あのうっそうとして見える山の中へ?

人一倍臆病《おくびょう》で、夜のトイレもひとりで行けなかった逢音《あお》なのに?

わたしといっしょじゃないと、どこにも行こうとしなかった逢音なのに?

信じられない……! たくさんの『?』が、頭の中でひしめき合う。

急にあらわれた、わたしの知らない逢音の姿《すがた》。甘《あま》えんぼうで怒《おこ》りんぼうで、わたしのあとばかりついてきた逢音のはずなのに。わたしに頼《たよ》ってばかりいたはずなのに。阿坂に残る逢音の姿は、それとは違《ちが》ってる……。

胸《むね》の鼓動《こどう》が大きく響《ひび》く。息を止めていたのも気づかなかった。胸が苦しい、あわてて息を吸《す》いこんだ。ドクンドクンと体中が脈打《みゃくう》っている。

そのとき、後ろでドアの開く音がした。

「ああ、彩音《あやね》、すまんすまん、はー、助かったー」

額《ひたい》に汗《あせ》を浮《う》かべた父さんがかけこんできた。茶封筒《ちゃぶうとう》を手にするとうれしそうに笑った。

「気をつけて帰れよ」

そう言ってわたしに手を振《ふ》ると、急ぎ足で会議室に入っていく。

忙《いそが》しそうな父さん、でも、前より輝《かがや》いて見える。がんばっているんだな、父さん。

それに比べて、今のわたし……、胸がチクリと痛《いた》む。

蒼《あお》にきつく言われたのがくやしくて、太鼓を途中《とちゅう》で投げだした。がんばってるのにできないからしかたないじゃん、って言いわけを探《さが》した。でもそれは、つらいことから逃《に》げだしただけかもしれない。

やむなく太鼓をやめたおじいちゃんと、やりたくてもできなかった逢音。つらさから逃げだしたわたし。わたしだけが、どうしようもなくへっぽこだ。

――そんな演奏《えんそう》してたら、弟に笑われるぞ――

蒼から放たれたきつい言葉は、逢音を知っていたから出た蒼の思い……。

憎《にく》らしさしか感じなかった蒼《あお》の言葉が、やじろべえのようにゆらゆら揺《ゆ》れている。

「ほんとだ、逢音《あお》に笑われちゃう、ううん、怒《おこ》ってるかも」

このままでいいの？　簡単《かんたん》に放りだしちゃっていいの？

おじいちゃんと練習した太鼓《たいこ》は、すごく楽しかった。逢音もきっと、同じ気持ちだったんだよね……。

逢音は、阿坂《あさか》で何をしていたんだろう、何を見て、何を思っていたんだろう。わたしは阿坂での逢音のこと、何も知らない。

本当の逢音の姿《すがた》、わたしはもっと、探《さが》してみたい。

わたしはもう一度、たくさん飾《かざ》られたぎょろりさんの写真を見て回る。何度もぐるぐる見て回る。

そして、心は決まった。

「逢音、わたし、もう少し太鼓クラブ、がんばってみるよ」

逢音の足跡《あしあと》がロビーの床《ゆか》の上に残っている気がして、一歩一歩踏《ふ》みしめて歩く。

外に出た。夕焼け雲が、オレンジがかったピンク色に染《そ》まっていた。

特訓

太鼓《たいこ》の練習場を見てみたい。その思いは日を追うごとに強くなっていく。

あの大きな石の鳥居《とりい》を越《こ》えた向こうのどこかに、逢音《あお》がひとりで見に行っていたという練習場がある。

道路から鳥居をながめたことはあるけれど、その先は未知の世界だ。奥《おく》をのぞくと、すぐに森林がせまっていて、ちょっと足が震《ふる》える。

「なに怖《お》じ気《け》づいてるのよ、彩音《あやね》！　逢音がひとりで行ったんだよ、だいじょうぶだって」

気合いを入れて、思いきって鳥居をくぐる。まっすぐ進めば、阿坂神社《あさかじんじゃ》に突《つ》き当《あ》たる。

でも、道はすぐに分かれて、小道が右にのびている。背《せ》の高い木々《きぎ》が両脇《りょうわき》にせまってくる。

にぎりこぶしに力を入れながら、草の生《お》い茂《しげ》った小道をまっすぐ進む。獣《けもの》が飛びだしてきそうで、目ばかりきょろきょろさせて忍《しの》び足《あし》で歩く。

ああ、クマよけの鈴《すず》くらい持ってくればよかった。クマ出没《しゅつぼつ》のニュースが、あちこちで報道《ほうどう》されている最中だ。鈴の代わりに歌でもうたっていこうか、それとも今日は行くの、やめとこうか……。

ガサッと木々の間から音がした。体がはねあがる、かたくなる。ぞわぞわと鳥肌《とりはだ》がたった。灰色の大きな鳥が、鳴き声もあげずに飛び去った。

逢音、本当にひとりでこの道を歩いたの？

こわくなかったの？　こんな思いをしてまでも、阿坂太鼓の練習を見たかったの？

どうしてそんなに太鼓が好きだったの？

胸《むね》が激《はげ》しく高鳴る。大きく息を吸《す》いこんで、胸をこぶしでドンドンとたたいた。体の震《ふる》えがやっとおさまった。

そこまで行ったら引きかえそうか……、迷《まよ》いながら進むうちに突然《とつぜん》視界《しかい》が開けた。段々《だんだん》になった田んぼとなだらかな小山があらわれた。道は少し広がって小山に続いている。木々《きぎ》の間に、こぢんまりとしたトタン屋根の小屋が見えた。

「あった、あそこだ！」

足を速める。簡素《かんそ》な作りのプレハブ小屋だ。思っていたより古めかしい。今は誰《だれ》もいないらしい。そっと近づいて窓《まど》からのぞくと、たくさんの太鼓《たいこ》が並《なら》んでいるのが見えた。

静かだ。全てから切《き》り離《はな》されたような穏《おだ》やかな空間。話し声や車の音の代わりに、鳥のさえずりや羽ばたきの音が聞こえてくる。ここならまわりを気にすることなく、思う存分《ぞんぶん》太鼓がたたけそうだ。

この窓は、逢音《あおお》が背《せ》のびをすれば、じゅうぶんのぞける。きっとここから、練習の様子を見ていたんだ。つま先立ちした逢音の後《うし》ろ姿《すがた》が目に浮《う》かぶ。

逢音の痕跡《こんせき》が何かないかと、小屋のまわりを歩いて探《さが》す。あるはずがない、草が生《お》い茂《しげ》っているだけだ。

林の中から、ブルッと奇妙《きみょう》な音がした。背筋《せすじ》が凍《こお》りつく。

「もう、だめ、ギブアップ！」

ここまでだ、振《ふ》り返《かえ》る余裕《よゆう》もなく、鳥居《とりい》目指して全速力で坂道をかけおりる。くやしいけれど、臆病《おくびょう》だと思っていた逢音に、わたしは負けている気がした。

「ねえ、逢音は阿坂《あさか》太鼓の練習場に行ってた？」

お風呂《ふろ》からあがってくつろいでいるおじいちゃんにたずねた。

「練習場か？　いつだったか場所を聞かれたことはあるが、行ってはおらんだろう。突《とつ》然《ぜん》どうした？」

「あっ、なんでもない。蒼《あお》が太鼓の練習をしに、そこにときどき行くって言ってたから、もしかしてって思って」

何から話していいのかわからないから、わたしは言葉をにごした。

「練習場なあ……。チームを立ちあげたばかりのころは、みんな毎日のように集まってよう練習したもんだが。みんな歳《とし》を取ってひとり去りまたひとり去りして。今じゃ昔のようなキレキレの演奏《えんそう》をできるもんはいなくなった。じいちゃんだってこんなざまだしな。やっと根付いた阿坂《あさか》の芸能《げいのう》だ、若《わか》いもんたちにあとを託《たく》すことしかできん。蒼《あお》のような存在《そんざい》は頼《たの》もしいな」

おじいちゃんはちょっと顔をくもらせて、小さく首を振《ふ》った。

おじいちゃんが仲間と立ちあげた阿坂の芸能。消えていくのを見るのはつらいんだろうな。

あれからいろいろ考えた。おじいちゃんが大切にしてきた阿坂太鼓。わたしは蒼のような強い思いはまだ持てないけど、せめて今よりうまくなりたい。

そのためには、おじいちゃんに特訓してもらうしかない。それがたどり着いたわたしの答えだ。

「ねえ、おじいちゃん、わたしに太鼓の特訓をしてくれる？」

わたしはおじいちゃんに思いきって切りだした。顔が引きつっているのが自分でもわかる。

おじいちゃんは一瞬《いっしゅん》きょとんとして、それからわたしの顔をまじまじと見た。

「彩音《あやね》がか？　太鼓の特訓か？　ああー、そりゃあいいが、じいちゃんは厳《きび》しいぞ」

おじいちゃんの顔がゆるんで、すぐにうれしそうに鼻をひくつかせた。

おじいちゃんとの特訓は、わたしが帰ってからの一時間だけに決めた。おじいちゃんに無理はさせられない。

まずは練習場所の確保《かくほ》だ。蔵《くら》はきちんと整理されていたから、少し荷物を隅《すみ》に寄《よ》せたらじゅうぶんすぎるくらいのスペースができた。

まわりはりんご畑だし、蔵《くら》の壁《かべ》は厚《あつ》いから、音を気にする必要もない。ここならおかしな声を出しても平気、外れたリズムで打っても平気だ。

「まあまあ、なにごと？　やけに蔵の中がにぎやかだと思ったら」

出かけていた母さんが、驚《おどろ》いて顔をのぞかせた。おじいちゃんのリハビリも一区切りがついたから、保健師《ほけんし》の仕事を探《さが》しはじめたらしい。

「彩音《あやね》の太鼓《たいこ》の特訓だ」

おじいちゃんは張り切って、ぐるぐると腕《うで》を回した。母さんは口も目もポッと開けて、わたしと太鼓を交互《こうご》に見つめた。

おじいちゃんの教え方はわかりやすい。蒼《あお》みたいにすぐに怒《おこ》ったりしない。やってみせて教えてくれる。

「まずは、姿勢《しせい》だ。いいか、力を抜《ぬ》いて背中《せなか》をまっすぐ。彩音は前かがみになりすぎる。それじゃあ、腕が自由に動かん」

おじいちゃんに合わせて背筋《せすじ》をのばす。

「バチの先で太鼓の中心を打つんだ。バチの先だけが当たるように、手首のスナップをきかせてな」

なかなか真ん中にバチが当たらない。でも何度かやっているうちに、当たる確率が上がってきた。

家にいても学校にいても、気がつけば太鼓の構《かま》えをしてしまう。鉛筆《えんぴつ》を持ってもお箸《はし》を持っても、人差し指と親指にはさんで、ぷらぷら揺《ゆ》すってしまう。そんな自分がおかしくて、ひとりで笑ってしまう。

「まず五分間、速く打ったり遅《おそ》く打ったり、いろんな面を打ったりして音を聞いてみろ」

これは毎回はじめる前のウォーミングアップ。バチの当たる場所や力の抜きかげんで、微妙《びみょう》に音が変わってくる。

「それじゃあ、かけ声といっしょに打ってみろ」

おじいちゃんは、『勇駒《いさみごま》』を打ちながら、「ソーレ」「ハッ、ハッ、ハッ、ハッ」と、勇《いさ》ましい声をあげた。わたしはおじいちゃんの前でも、声を出すのがはずかしい。歌をうたっているようになって、だんだん尻《しり》すぼみになる。

「ああ、いい声だ。そうそう、ちょっとだけ高めに、腹《はら》の底から出すんだ。ほれ、あの空に向かってな」

おじいちゃんは窓《まど》から見える空を指さした。

大きく息を吸《す》う。太鼓《たいこ》に合わせ体がリズムをきざみだす。最初は小さく息を吐《は》きだす。だんだんお腹《なか》に力が入ってきた。大きく息を吐く。

「はっ、はっ、はっ、はっ!」

声を出すたびにお腹の底に力が入る、太鼓の音もはずみはじめる。

「おお、いいぞ、かけ声はな、打ち手と太鼓の呼吸《こきゅう》だ、自然に発せられてくるものだ。ほれ、空から逢音《あおお》がなにごとかとのぞいておるぞ。逢音に聞かせてやれ、あの空にとど

くようにな」

おじいちゃんは、宙《ちゅう》で太鼓《たいこ》をたたきながらかけ声を出す。

かけ声は出そうと思って出すんじゃない、打ち手と太鼓の呼吸《こきゅう》……。

よおし、逢音《あお》、聞いてて。

視線《しせん》はちょっと上向きに、山の端《はし》の空に向かって、太鼓といっしょに息を吐《は》くように。

ハッ、ハッ、ハッ、ハッ、ソーレ！

おじいちゃんの声とぴったり重なった。体がぶるっと震《ふる》えた、ああ、いい気持ち！

少しずつコツがつかめるようになってきた。

「彩音《あやね》と太鼓をやるようになって、このごろおじいちゃん、元気になってきたみたい。今日も長いことりんご畑に行って、何やかやと動き回っていたのよ。膝《ひざ》の調子もよくなってるみたいね」

そう言う母さんは、どこかうれしそうだ。

一学期最後のクラブで、わたしたちは『勇駒《いさみごま》』を全部通して演奏《えんそう》した。わたしは一度もまちがえないで打つことができた。

「いやあ、このごろの彩音さんはすごいなあ。めきめき腕《うで》をあげてきて、蒼《あお》たちにも引けを取っていないぞ。いやあ、さすが泰《たい》さんの孫だな」

蓮《れん》さんは目を見はってわたしに言った。

「ほんと、何があったんだよ。太鼓の神様を呼《よ》びよせたのか？」

蒼は天に向かって拝《おが》むようなまねをした。

「びっくりだよ、彩音さん、どうしちゃったの？」

拓実《たくみ》はメガネを押《お》しあげながら、わたしと太鼓を交互《こうご》に見て言った。

『勇駒』の早いリズム打ちの部分も、完全にマスターした。

かけ声もばっちりだ。はずかしがってやると、よけいおかしな声になる。

太鼓《たいこ》とひとつになれば、はずかしさも消えて、息を吐《は》きだすように声が飛びだす。もう、蒼《あお》に怒《おこ》られることもない。夏休みも、阿坂《あさか》太鼓の練習場を借りて練習した。

今日は阿坂小学校の運動会。午後の種目が始まる前に、太鼓クラブは『勇駒《いさみごま》』をみんなの前で演奏《えんそう》する。

おじいちゃんとの特訓の成果をみんなに見てもらいたい。なによりおじいちゃんに、わたしががんばって太鼓をたたく姿《すがた》を見てもらいたい。

空を見あげれば、朝から雲ひとつない秋晴れだ。

「おじいちゃん、絶対見に来てよ。今日だけは昼寝《ひるね》はなし。わたし、がんばるからね」

お弁当《べんとう》作りに忙《いそが》しい母さんの横で、のんびり新聞を読んでいるおじいちゃんに念を押《お》す。

「わかっとる、わかっとる。来るなと言われても行くに決まっとる」

おじいちゃんはどんと胸《むね》をたたいて笑った。

風船やお花紙で飾《かざ》られたアーチの入場門をくぐると、校庭をにぎわす鮮《あざ》やかな万国旗が見えた。胸がにわかにときめく。いよいよ運動会が始まるんだ。

おじいちゃん、ちゃんと来たかな？

入場行進のとき、不安な気持ちで保護者席《ほごしゃせき》に素早《すばや》く目をやる。いたいた、こぢんまりとしたタープテントの下で、椅子《いす》に座《すわ》ったおじいちゃんと、寄《よ》りそうように座る父さんと母さんが見えた。

小さな学校の運動会は、競技《きょうぎ》と係の仕事で大忙《おおいそが》しだ。でも、時間より五分早く午前の部が終わった。

落ちつかない気持ちでお昼を食べると、すぐに太鼓の準備《じゅんび》にかかる。袖《そで》を通した紺《こん》のはっぴの赤い襟《えり》は、少し色があせている。太鼓クラブの歴史の重みが伝わってくるようだ。

さあ、いよいよ出番だ。蓮《れん》さんもスタンバイ。

保護者席《ほごしゃせき》では、緊張《きんちょう》した顔の母さんと父さんと、リラックスした様子のおじいちゃんが座《すわ》っている。わたしは大きくうなずくと、位置につく。

青空の下で、バチを高々《たかだか》と振《ふ》りかざす。お腹《なか》にグッと力を入れる。

「ソーレ！」

みんなの声がぴたりとそろった。

力いっぱい太鼓《たいこ》をたたく、体がほてる、汗《あせ》が流れ落ちる。涼《すず》しい風が頬《ほお》をなでて通り過《す》ぎていく。

ああ、なんて気持ちいいんだろう！

会場から声援《せいえん》や拍手《はくしゅ》が起こった。

五分間の演奏《えんそう》はあっという間に終わった。

おじいちゃんは、と見ると、両手で大きな丸を作って笑っている。母さんも父さんも、力いっぱい拍手してくれている。わたしは両手でピースサインを返す。

阿坂温泉太鼓

「すごいかっこよかったよ、彩音《あやね》の太鼓《たいこ》。みんな彩音ばかり見ていたみたい」

片《かた》づけを終えて席に戻《もど》ると、凛《りん》たちがかけ寄《よ》ってきて大声で言った。

「ちょっと待て、おれは？　ヒーローはおれだぜ」

蒼《あお》は担《かつ》ぎ桶《おけ》太鼓を打つまねをした。

「ああそれ？　もうさんざん見たから、今さら何も感じないよ」

凛にあっさり言われて、蒼はがくっと肩《かた》を落とした。拓実《たくみ》がくすくす笑った。

楽しかった。みんなに見てもらうことが、拍手《はくしゅ》をもらうことが、こんなに気持ちがいいとは思わなかった。逢音《あお》が太鼓が好きな気持ち、今初めてわかった。

逢音に笑われない演奏《えんそう》ができたかな。

空を見あげて、逢音を探《さが》す。ふかふかのちぎれ雲がひとつ、青空に気持ちよさそうに浮《う》いている。逢音のやわらかな髪《かみ》を思い出す。

その雲の横を通る飛行機が、一瞬《いっしゅん》白く輝《かがや》いたように見えた。

フラッシュバック

十月もそろそろ終わりに近づいた。

太鼓クラブも、今日を入れてあと二回、十一月に入るとクラブ発表会がある。『勇駒《いさみごま》』の途中《とちゅう》に動きを入れて、少しアレンジを加えながら発表することに決まった。

それを最後に、今年度のクラブ活動は終わりになるのだ。せっかく調子が出てきたところだったから、これで終わってしまうのはちょっとさびしい。

「おーい、集合してくれ、みんなに相談があるんだ」

練習が終わって太鼓を片づけていると、蓮《れん》さんの呼《よ》ぶ声がした。

「クラブ練習は来週で終わりだが、せっかくここまでできるようになってきたんだ。どうだ、三月のお焚《た》きあげが最後の演奏《えんそう》ということで、今回も参加してもらえるかな」

蓮《れん》さんはみんなを見まわして言った。

「やりぃ、もちろんです」

蒼《あお》が真っ先に手をあげた。みんなもうなずいている。

お焚きあげ？　そういえば、前に蒼が言ってた気がする、なんだろう。

「彩音《あやね》さんは初めてだよね。お焚きあげっていうのは簡単《かんたん》に言うと、温泉郷《おんせんきょう》を守ってくれた湯屋守様《ゆやもりさま》を、天にお送りするおまつりのことなんだ」

ぎょろりさんを、天に送るって？　ますますわからない。拓実《たくみ》の顔を見つめ返す。

「百聞は一見にしかず、聞くより見るがいちばん。じいちゃんが今年のやまと旅館の湯屋守様を作りはじめたんだ。今日あたり、デザインが決まるんだ。よかったら、見に来ない？」

首をひねったわたしに気づいて、拓実がパチンと指を鳴らした。隣《となり》で蒼が当然というように、腕《うで》を組んでうなずいている。

ぎょろりさんの顔がどんなふうに作られるのかは、ものすごく知りたい。やまと旅館は通学路の途中《とちゅう》にある。さっそく帰りに寄《よ》らせてもらうことにした。

拓実のおじいさんの作業場は、旅館の裏側《うらがわ》にあった。中はいろいろな道具や板や木切れでうめつくされている。使いこまれた大きな作業台が、真ん中にどんとすえられている。

「うわぁ、大工さんの作業場みたい」

「うん、じいちゃんは大工顔負け、なんでも作っちゃうんだから」

拓実が得意《とくい》そうに胸《むね》を反らせた。

作業場の左の壁《かべ》にも、額《がく》に入ったぎょろりさんの写真がたくさん飾《かざ》られている。

「あっ、これはさ、やまと旅館の歴代《れきだい》の湯屋守様なんだってさ」

わたしの視線《しせん》に気づいて、蒼が写真を指さして言った。

どれも背《せ》が高くて、いかめしい顔をしている。頭にのせた飾りが輪になっていたり、笠《かさ》になっていたりと少しずつ変わっている。

「えーと、解説《かいせつ》します」

突然拓実《とつぜんたくみ》が進みでて、ぺこりと頭をさげた。

「おっ、でました、拓実の名物ガイド。やまと旅館の三代目！」

蒼《あお》に茶化されて、拓実は小鼻をひくひくさせた。

「春から秋にかけて多くの実りをくれた神々《かみがみ》が、阿坂《あさか》の温泉《おんせん》に入って体を休められます。その間神様が安心してお湯に入られるように、神様に代わって湯屋守様《ゆやもりさま》が魔除《まよ》けの役をしてくれます」

慣《な》れているのか、拓実の口調はなめらかだ。でも、神様がお風呂《ふろ》に入るっていうのは、やっぱりぴんとこない。

「そしてお焚《た》きあげの日に、役目を終えた湯屋守様に火を放って、天にお返しするのです」

また、拓実がすらすらと言った。

「火を放つって、燃《も》やしちゃうの？　神様を？　バチが当たりそうなんだけど……」

「どんど焼きだって、火をつけて燃やすだろ、あれと同じさ。もともと湯屋守様は、どんど焼きのメラメラ燃えあがる炎《ほのお》がヒントになって生まれたらしい」

蒼が当然というようにうなずいた。

どんど焼きも知っている。正月に迎《むか》えた年神様を、炎といっしょに見送る行事のことだ。

「どんど焼きの燃えあがる炎を元にしたから、こんなこわい顔なのかな？」

壁《かべ》にはられたぎょろりさんの写真を、まじまじと見つめる。

「大きな目は災《わざわ》いをもたらす疫病神《やくびょうがみ》を逃《のが》さないため。大きな鼻や口は、疫病神をいっぱい吸《す》いこんだり、飲みこんだりするため。それでこういう顔になるのです」

また拓実が写真を指さしながら澄《す》まして言った。

「それでだ、今年はこんなのでいこうと思うが、みんなはどう思う？」

おじいさんが、スケッチブックを開いて、作業台の上にとんと置いた。

「今年はうんと厳《きび》しいお顔の湯屋守様《ゆやもりさま》にしようと思ってな。やまと旅館に入ろうとする疫病神《やくびょうがみ》を、全部飲みこんでくださるような勇《いさ》ましいお顔のな」

ぎょろりさんのデザインスケッチだ。

頭にわらの大きな笠《かさ》をのせているから、顔が二段《だん》重ねになっているように見える。寄《よ》り目に見える尻《しり》あがりのいかつい目、勢《いきお》いよくのびた鼻に左右に開く大きな鼻の穴《あな》、真ん中がくびれた大きなひょうたんのような口。するどいキバが、両端《りょうはし》からにょきっと上を向いてのびている。

すかさず蒼《あお》が目を寄せて鼻の穴を大きくして、口をぐうっと横に開いた顔でポーズを取った。おかしくて吹《ふ》きだしそうになった。

作業場の奥《おく》の壁《かべ》には、たくさんのわらが積みあげられている。きれいにすかれて、まっすぐになったわらばかりだ。

その横に、うすくさいた一メートルくらいの竹が、何本も立てかけられている。

おじいさんはさっそく、その竹を数本手にとって、細い針金《はりがね》とシュロのひもを使って組み立てはじめた。この竹が湯屋守様の骨組《ほねぐ》みになるらしい。それができると、間にわらをさしこんで、形を作っていくということだ。

「うわあ、やることがいっぱい！　時間がかかりそう」

人と同じくらいの高さのぎょろりさんを作るとして、いったいどれくらいかかるんだろう。

「まあ、ひと月もがんばれば、おん湯までにはまにあうだろう」

おじいさんはなんでもないように言った。

「おん湯とは、十二月に行われる降神祭《こうしんさい》のことです。湯屋守様に神を宿らせるまつりです」

すかさず拓実《たくみ》が前に進みでて言った。

はー、大変だ。それにしても、すごいものができそうだ。

急ぎ足で家に帰ると、勢《いきお》いよく玄関《げんかん》のドアを開ける。正面の壁に飾《かざ》られている額《がく》に入った逢音《あお》の二枚《まい》の絵が、わたしを真っ先に迎《むか》えてくれる。

「ぎょろりさんたちを作りはじめるんだって。もうじき、たくさんのぎょろりさんが見られるよ」

目を輝《かがや》かせた逢音の顔が浮《う》かんでくる。

そのとき、奥《おく》の寝室《しんしつ》のドアが開いて、母さんが顔をのぞかせた。

「ああ、帰ってたの。気づかなかったわ。ちょっとのつもりが眠《ねむ》っちゃったのね」

母さんは髪《かみ》を手ぐしで直しながら、首をこきこきと回した。声に張りがない、顔色も悪い。足取りもふわふわとして頼《たよ》りない。

「母さん、だいじょうぶ？　どこか具合が悪いの？」

母さんは小さく頭を振《ふ》って、無理に笑顔を浮かべた。

このごろ母さん、元気がないなって思っていた。それに食欲《しょくよく》もなかった気がする。いつもはころころ笑う明るい母さんなのに、またふさぎこむことが多くなっていた。

「どうもね、今ごろになって、引《ひ》っ越《こ》しの疲《つか》れが出たみたいなのよ。無理しないでゆっくりやることにするわ」

母さんは、気合いを入れるように小さくこぶしを振った。そのままゆるゆるとキッチンに入っていく。

二階の自分の部屋で宿題を終えて、階下に行こうとしたときだ。キッチンで何かが割《わ》れる大きな音がした。

あわててかけこむと、テーブルの脇《わき》で床《ゆか》にうずくまっている母さんが見えた。割れた食器の破片《はへん》が、あたり一面に飛びちっている。

「母さんどうしたの！　ああ、大変！」

かけ寄《よ》ろうとしたわたしに、母さんはかすかに首を振った。

「だいじょうぶ……！　ここは、あぶないから……」

母さんは割れた食器に目をやった。髪の間から見える母さんの顔は、紙のように真っ白だ。破片《はへん》で切ったのか、指の間から血が流れている。

「どうしよう、母さんが……、おじいちゃん、早く来て、母さんが！」

胸《むね》がドキドキする。どうしよう、母さんが、母さんが……。

フラッシュバックする、ぐしゃりとつぶれた空色の逢音《あお》の傘《かさ》。

ああ、逢音……。

胸がしめつけられるように痛《いた》い。あの赤黒いかたまりが、すごい速さで胸の奥《おく》からむくむくと頭をもたげてきた。

息ができない、苦しい。こんな大事なときにまた発作《ほっさ》があらわれた。

落ちつけ、落ちつけ、わたし……、大きく息を吐《は》く、必死に息を吸《す》う。

「どうした、何かあったのか？」

おじいちゃんが足を引きずりながら、部屋から急いでやってくる。

「やいやい、悦子《えつこ》さんどうした！　だいじょうぶか？　救急車《きゅうきゅうしゃ》を呼《よ》ぶか？　おっ？　おいおい、彩音《あやね》もか！」

わたしの様子がおかしいことに気づいたおじいちゃんは、二重にあわてた声をあげた。

「あっ、すみません……、わたしはだいじょうぶです。ちょっと目まいがして、手がすべっただけで……、それより彩音が……」

母さんの声が、ほそぼそと聞こえてくる。

ああ、よかった、母さん……！

体の力が抜《ぬ》けたとたん、ガタガタと震《ふる》えた。両腕《りょううで》で体を抱《だ》きしめても、震えはおさまらない。背中《せなか》を丸めて縮《ちぢ》こまる。

そのとき、ふんわりと背中が温かくなった。おじいちゃんの大きな手だ。その手がゆっくり優《やさ》しく、背中を上下する。

「だいじょうぶだ、彩音。何も心配することなんかないぞ」

おじいちゃんはポンポンと背中を優しくたたく。ゆるやかな振動《しんどう》が胸の奥までとどく。

少しずつ呼吸《こきゅう》がリズムを取りもどす。

わたしは大きく息をついた。

おじいちゃんはそっと抱《だ》きしめてくれた。おじいちゃんのにおい、りんご畑の落ち葉のにおい。

小さなころ、わたしはりんご畑で遊ぶのが好きだった。そして、切りかぶや木の根につまずいてはよく転んで泣いた。そのたびにおじいちゃんは、わたしを背負《せお》って家まで連れていってくれたっけ。

おじいちゃんの背中は、広くて厚《あつ》くて岩のようにたくましかった。膝《ひざ》を痛《いた》めた今は、背中は少し丸まっちゃったけど、ほっとする懐《なつ》かしいにおいはあのときのままだ。

「ごめんね、彩音《あやね》。驚《おどろ》かせちゃったね」

母さんが不安げにわたしを見ている。わたしはただ、首を振《ふ》ることしかできなかった。

父さんが帰ってくるころには、わたしの呼吸はすっかり元に戻《もど》っていた。ベッドで休んでいた母さんの頬《ほお》にも、少し赤みが戻っていた。手の傷《きず》は、たいしたことはないらしい。それでも父さんは心配して、夜間診療《やかんしんりょう》をしている病院に母さんを連れていった。

「蓄積《ちくせき》された心労と疲《つか》れで心身が追いこまれて、悲鳴をあげていたらしい。母さんはがんばりやだから、無理してきたんだろう。ゆっくり休めばだいじょうぶだそうだ。一晩《ひとばん》、病院で様子を見てくれるらしいから、頼《たの》んできたよ」

夜遅《おそ》くに帰ってきた父さんは、ほっと安堵《あんど》の息をついた。よく見ると父さんも疲れきって、前より白髪《しらが》が増《ふ》えたみたい。

逢音《あお》を失ってから、わが家はみんな疲れている。中でもいちばんへっぽこなのがわたし。大事なときになんにもできない、なさけないほど弱虫だ。胸《むね》の奥深《おくふか》くの赤黒いかたまりに、いつもおびえている。

わたしはもっと強くなりたい、強くならなくちゃ。

こんな弱虫で、役立たずなわたしはきらいだ。

家守様

阿坂《あさか》の冬の訪《おとず》れは早い。十二月に入ると、日の出前の庭は一面霜《しも》におおわれる。庭の日陰《ひかげ》には霜柱《しもばしら》ができて、もっこりと土をおしあげている。

「うーん、寒ーい」

フーと息を吐《は》く。口から真っ白な煙《けむり》が飛びだして、まるで怪獣《かいじゅう》のゴジラみたいな気分だ。

庭に降《お》りて、霜柱を踏《ふ》みつける。ザクッ、ザクッと音をたてて、霜柱はぺちゃんこになっていく。この感触《かんしょく》がたまらなく気持ちいい。わたしは片端《かたはし》から踏みつけていく。

リビングの時計が六時を告《つ》げた。

「あっ、こんな時間、急がなきゃ」

今日は『おん湯』の日。ぎょろりさんに神様を宿してもらう大切なまつりの日だ。急いで朝食をかきこむと家を飛びだした。恩出橋《おんだしばし》に行くと、もうたくさんの湯屋守様《ゆやもりさま》が並《なら》んでいた。

それぞれの旅館から出された湯屋守様は、全部で十七体。その真ん中のひときわ大きな湯屋守様は、あの恩出橋にすえられるぎょろりさんだ。

鼻筋《はなすじ》がしゅっと通っている。二本のラッパがくっつき合ったような鼻の先の丸い穴《あな》は、小ぶりのスイカがすっぽり入りそうに大きい。真ん中に寄《よ》った黒目が、ネコの目のようでちょっとかわいい。頬《ほお》のひげが勢《いきお》いよく左右に飛びだしている。耳にまでとどく大きな四角い口は、なんでも飲みこんでしまいそうな迫力《はくりょく》がある。

今まで笠《かさ》だと思っていたてっぺんのわらの束は、よく見ると、頭をすっぽりとおおう髪《かみ》の毛《け》のようにも見える。

その大湯屋守様の横には、やまと旅館の湯屋守様が並んでいた。デザインを見たときより、目はつりあがり、鼻は湯気でもふきだしそうで、口のキバも大きくてりっぱだ。

「すごい顔だねえ、この顔見たら、疫病神《やくびょうがみ》も絶対尻《しり》ごみして逃《に》げちゃうよ」

湯屋守様《ゆやもりさま》をすえつけて、息をついている拓実《たくみ》に声をかけた。

「そっ、疫病神なんか絶対寄《よ》せつけないんだよ。見て、この鼻とキバ、ぼくも手伝ったんだ」

拓実が大いばりで胸《むね》を張《は》った。

それぞれの旅館で工夫をこらして作った湯屋守様は、見ているだけでも楽しかった。

頭に五輪の塔《とう》をつけた、眉毛《まゆげ》の勇《いさ》ましい湯屋守様。小さな子どもを両脇《りょうわき》につけた、優《やさ》しい顔の湯屋守様もいる。

変わったものとして、ピンクの口と、長いまつげをつけたおしゃれなのや、宇宙人《うちゅうじん》みたいなのもいた。どれもこわい顔ながらも、高貴《こうき》でりりしく見える。

恩出橋《おんだしばし》の大時計が、六時半を告《つ》げた。いよいよおん湯の始まりだ。

神主《かんぬし》さんが湯立ての湯を、榊《さかき》の枝《えだ》ですくって湯屋守様《ゆやもりさま》にかける。おはらいをしたりお祈りをしたりして、やっと湯屋守様に命が吹《ふ》きこまれた。

今日から春まで、旅館の入り口に立って、魔除《まよ》けの役を担《にな》ってくれるのだ。

あいにく、空からはみぞれまじりの雨が降《ふ》ってきた。寒さがいっそう身にしみる。まつりが終わると早々《そうそう》に、みんなは湯屋守様を軽トラックにのせて、それぞれの旅館に帰っていった。

恩出橋《おんだしばし》には、ぎょろりさんだけがぽつんと残された。

今日は二学期の終業式で四時間授業《じゅぎょう》だ、いつもより帰りが早い。

家に帰るとすぐに、わたしは神社の奥《おく》の練習場に向かった。今年最後の太鼓《たいこ》の練習だ。

クラブが終わってからも、わたしたちはお焚《た》きあげで演奏《えんそう》するために、阿坂《あさか》太鼓の練習場を借りてばっちり練習してきた。

演目《えんもく》はもちろん『勇駒《いさみごま》』と、リズム打ち。リズム打ちは、強弱をつけて一定のリズムをくり返す打ち方だ。だからいつでも始められて、いつでも終わらせることのできる、すぐれものだ。

恩出橋を通るときは、ぎょろりさんに挨拶《あいさつ》をするのが楽しみになってきた。

今日もぎゅっと目をむいて、まっすぐ前を見すえている。大雨の中でも、こがらしが吹く寒い日も、午後の日差しの強い中も、変わることなくすっくと立っている。

さすがにまわりのわらはぱさぱさになって色あせてきたけれど、威厳《いげん》のある姿《すがた》は変わらない。そんな姿を見るたびに、わたしも負けてられないなって思う。

練習を終えて外に出ると、まだ空は明るかった。

「そうだ、今年最後のパトロール。あの湯屋守様《ゆやもりさま》たちがどうなっているか、見て回らないか?」

突然《とつぜん》、蒼《あお》がすっとんきょうな声をあげた。川沿《かわぞ》いを一周すれば、たいていの湯屋守様を見て回れる。

「いいね、走っていけばいいトレーニングになるし。なんてったって、明日から冬休みだし」

拓実《たくみ》が両手をあげて、気持ちよさそうにのびをした。慎《しん》と隼人《はやと》はもう走りだしていた。

初めて練習場を見に来た日は、獣《けもの》が出そうでこわかったこの道。でも、何度も通るうちに、見慣《みな》れた景色のひとつになった。みんなとわいわい言いながら歩くと楽しい。休みに入るってことが、わたしたちの心をいっそう軽くする。

各旅館の入り口には、おん湯のときと同じきれいなままの湯屋守様が座《すわ》っている。雨風の当たらない豪華《ごうか》な玄関《げんかん》だから、色あせても汚《よご》れてもいない。

「すげー、ちょっと見ろよ、あそこの湯屋守様、畳《たたみ》の台座にのってるぞ」

蒼が指さした先に、きらびやかな畳縁《たたみべり》のついた台座に澄《す》ましている湯屋守様がいた。

まるでおひな様のようだ。

慎と隼人は何を思ったか、柏手《かしわで》を打って頭をさげた。

こうなると、橋の上に置かれたままのぎょろりさんが、ちょっとかわいそうに思えてくる。

やまと旅館の湯屋守様も、玄関の軒下《のきした》にどんと座っていた。でも今までのとは様子が違《ちが》う。白い小さな紙があちこちに差しこまれている。

「あれ、あの白い紙は何?」

満足げに見入っている拓実にたずねた。

「ああ、あれはヒトガタ。白い和紙で作った人の形をした紙なんだ。年齢《ねんれい》と名前を書いて、これで体をなでて息を吹《ふ》きかけると、悪いところをヒトガタにうつせるんだって。

つまり、身代わりになるもの。お客さんたちが書いて差していくんだ」

「じゃあ、これ、みんな、お客さんたちのヒトガタ？」

ヒトガタを差しこまれた湯屋守様《ゆやもりさま》は、なんだか痛々《いたいた》しい。

「そう、お客さんの病を全部天に持っていってくれるんだ。すごいよね」

拓実《たくみ》は両手を合わせて目を閉《と》じた。

「人はみんな、心や体に厄《やく》をかかえてるって証拠《しょうこ》だな」

蒼《あお》は拓実の隣《となり》に並《なら》んで、悟《さと》ったように腕《うで》を組んでつぶやいた。

たくさんのヒトガタには、いろんな願い事が書かれていた。

腰《こし》の痛みがとれますように、
骨折《こっせつ》した肩《かた》が早く元のように治りますように、
ぼけることなく暮《く》らせますように、

子宝《こだから》に恵《めぐ》まれますように、……。

たくさんの願い事をはりつけて、やまと旅館の湯屋守様は「全部任《まか》せろよ」と言っているみたいに胸《むね》を張っていた。

きれいに見えた湯屋守様たちも、それぞれの場所で厄を入れるもんかと、必死にふんばっている。ぎょろりさんといっしょに、みんながんばっているんだ。


年が明けるとすぐに、今年初めての大雪が降《ふ》った。

雪は二、三日降り続いて、やっとやんだ。

あたり一面の銀世界、すっかり雪化粧《ゆきげしょう》をした。すべての音が雪に吸《す》いこまれて、閉じこめられたかのようだ。

庭に置かれた大石が雪をかぶって、卵型《たまごがた》の白いかたまりになっている。ぎょろりさんの後《うし》ろ姿《すがた》にどこか似《に》ている。

「あっ、この雪でぎょろりさんはだいじょうぶかな?」

野ざらしのぎょろりさんは、もしかしたら雪だるまになっているかもしれない。それとも、雪の重みで、ぺしゃんこにつぶれているかも。

「おじいちゃん、ちょっとぎょろりさんの様子、見てくるね」

こたつに当たって居眠《いねむ》りをしているおじいちゃんに、声をかける。

「おお、気をつけて行けよ。すべるでな」

おじいちゃんの声に送られて家を出た。

欄干《らんかん》に雪を積もらせた恩出橋《おんだしばし》が見えてきた。その真ん中に、ぎょろりさんの後《うし》ろ姿《すがた》が見える。よかった、つぶれてなんかいなかった。

でも、ぎょろりさんの頭をおおう笠《かさ》は、雪をたっぷりとのせて真っ白になっている。

雪の白と残ったわらの黄色がまだらになって、黄色と白の模様《もよう》をした、太ったネコがたたずんでいるようだ。

ぎょろりさんにかけ寄《よ》って雪をはらおうと前に回った次の瞬間《しゅんかん》、わたしの口はぽかーんと開いた。

思わず目を見はる、目をこする。

「ぎょろりさんが……笑ってる……！」

信じられない、あのこわい顔のぎょろりさんが笑っているのだ。

それも満面の大笑い！

「笑ってる！　ねえ、逢音《あお》、ぎょろりさんが大笑いしてるよ！」

思わず空に向かって声をあげた。

顔のパーツのところどころを、雪で隠《かく》されたぎょろりさん。眉《まゆ》に積もった雪は、そり返った部分を隠して、なだらかな弓なりになっている。目の玉の半分から下が雪にうもれて、笑い目の『︵』の形だ。下唇《したくちびる》も雪でおおわれて、ニコちゃんマークのようだ。おでこにも頬《ほお》にも雪をたっぷりとはりつけて、まるで白ひげのサンタさんみたい。

逢音《あお》の絵と同じだ。大笑いの顔のぎょろりさんの絵。

逢音も見たんだね、雪の日の笑ったぎょろりさんを。あの絵は、雪をかぶった笑い顔のぎょろりさんなんだね。

「すごいじゃん、逢音！」

誰《だれ》かに話したくて、わたしは家に飛んで帰った。

「おじいちゃん、ぎょろりさんが笑ってたよ。逢音の絵と同じ！」

縁側《えんがわ》にこしかけて雪の庭を見ていたおじいちゃんは、かけこんだわたしを見て目を見開いた。

「逢音の絵？　おお、あれなあ。そうか、彩音《あやね》も見たか」

おじいちゃんは、今見てきたばかりのぎょろりさんみたいな顔で笑った。

「すっかり忘《わす》れとった。そういやあ、いつだったか逢音も同じことを言いながら、うれしそうに家にかけこんできたぞ」

「やっぱりあの絵、雪の日のぎょろりさんを描《か》いたんだね」

「ああ、そうだろうな。神様からの贈《おく》り物《もの》だって言ってな、しばらくの間、逢音《あお》はごきげんだった。今もきっと、見てることだろうて」

おじいちゃんは、厚《あつ》い雪雲におおわれた空を見あげた。

おねえちゃん、ぎょろりさんが笑ってるよ。

ほら、わらでできた、顔だけのおじさんだよ。

逢音の声が聞こえる。

ごめん、ごめんね……逢音。あのとき、わたし、信じてあげなかったよ、逢音の言うこと。

ああ、過《す》ぎた日々《ひび》を一瞬《いっしゅん》に飛びこえて元に戻《もど》れる、リセットボタンがあればいいのに。

何もかも跡形《あとかた》もなく消し去って、好きなときに戻れるボタン。
そしたらすぐに、あの日に戻って、逢音といっしょに走って家に帰るのに。
そしたら逢音のいるいつもの日々を、今も過ごすことができるのに。
そしたら、そしたら、そしたら……。
じわりとにじみでた涙《なみだ》が、大きくふくらんで瞳《ひとみ》からこぼれ落ちた。

逢音に逢いたい、
逢音に逢いたい。
逢音に逢いたい……！

「どうした、何かあったか？」
おじいちゃんの声が優《やさ》しい。

「……あの日ね、わたしがいつもみたいに逢音《あお》といっしょに帰れば、こんなことにならなかったの。他のことに気を取られて、うっかり教室に忘《わす》れ物しちゃって。逢音を先に帰して、取りに戻《もど》っちゃったんだ。だから、だから、みんなわたしのせい、わたしが悪い……」

赤黒いかたまりが胸《むね》いっぱいにふくらんだ。もうおさえきれない。にぎりしめた手に爪《つめ》が食いこむ。わたしの体が赤黒いかたまりに変わっていく。

と、おじいちゃんが「ふー」と大きな息をついた。

「そうか、彩音《あやね》は今まで、そんな気持ちをかかえておったのか」

おじいちゃんは手のひらをじっと見つめた。

「かわいそうだったなあ、何も気づいてやれなんで。そりゃあ、つらかったろうに」

おじいちゃんは鼻をズイッとこすると、まっすぐわたしを見た。

「彩音のせいであるもんか、彩音はなんにも悪くない。逢音もなんにも悪くない。彩音が自分を責《せ》めておると知ったら、逢音も悲しむ」

胸が熱い。また涙《なみだ》がこぼれ落ちそうだ。

「いいか、彩音、人はな、決まった運命を与《あた》えられてこの世に生まれ出るものなんだ。誰《だれ》も変えることなどできん。それが定めで、それが与えられた命よ。あれは逢音の運命だ」

おじいちゃんはわたしの肩《かた》にそっと手を置いた。

「生きていれば、そんなことのくり返しだ。悔《く》やむことばかりよ。じいちゃんもつぶされそうなほど、たくさんかかえておるぞ。でもな、前に進まにゃならん」

おじいちゃんの手、大きくて温かい。

「だがな、逢音のために、ひとつだけ言っておかにゃあならんことがある」

おじいちゃんの、こわいほど真剣《しんけん》な顔。

「逢音は彩音が思う以上に、たくましく成長していたぞ。太鼓《たいこ》が好きで、ぎょろりさんが好きで、この阿坂《あさか》が大好きだった。家族のみんなを驚《おどろ》かせたいから、太鼓がうまくなるまではないしょなんだって言ってな、熱心に太鼓の練習をしておったぞ」

……逢音《あお》が？

「それにな、おねえちゃんはドジで早とちり。ぼくがいつまでも小さいと思ってんだよね、ってうれしそうになあ。ほれ、ばかにすんなよって怒《おこ》る逢音の声、聞こえてこんか？」

おじいちゃんは耳に手をあてて目を閉《と》じた。

ドキドキする。わたしの知らない逢音の姿《すがた》に。目を閉じて耳を澄《す》ます。

でも、わたしには何も聞こえない。

「何も聞こえないよ、わたしには……」

声にしたとたん、また涙《なみだ》がどっとあふれ出た。

「逢音ったら、ばかだ、もうえらそうに……。ちゃんと言ってよ、わたしに聞こえるように……」

胸《むね》の奥《おく》から突《つ》きあげる赤黒いかたまりが、喉《のど》から飛びだしてくる。

もうがまんできない、しゃくりあげながら、思いっきり泣いた、声をあげて泣いた。

泣いても泣いても涙が出た。

頭が熱くて痛《いた》い。体中がかっかとほてる。

泣きはらした目のまぶたがはれあがって、開けていられない。それでも泣いて泣いて、しぼり出すように泣いた。

そして、泣きつかれて、涙も声も出なくなった。

空をあおぐ。くすんだ厚《あつ》い雪雲の間から、真っ白い綿雪《わたゆき》が落ちてくる。ほてった体に雪は舞《ま》い落《お》ち、すうっと溶《と》けて消えていく。

「短くてもな、逢音はじゅうぶん生きた、がんばった人生だったぞ。おまえがそれをわかってやらんでどうする」

厳《きび》しいおじいちゃんの声、深く深く心にしみた。

綿雪が、突然《とつぜん》ゆるやかに舞いおどった。風だ、逢音の笑い声のような軽《かろ》やかな風。わたしの体を包みこみ、優《やさ》しく通《とお》り抜《ぬ》けた。

長い間巣《す》くっていた赤黒いかたまりが、雪が溶《と》けるように少しずつ消えていく。
庭に降《ふ》り積《つ》もる真っ白な雪を、わたしはおじいちゃんと並《なら》んで、いつまでも見つめていた。

おねえちゃんはぼくの言うこと信じてくれないんだもんな、ほんと、いやになっちゃうよ。

そう言って、頬《ほお》をぷんとふくらませた逢音《あお》の顔。
そういえば、いつもそんな顔ばかりしてた気がする。
ごめんね、逢音。
でもね、逢音、やっぱり生きていてほしかったよ。

日曜日だというのに、朝早く目が覚めた。

庭をおおう雪の上に、小鳥の小さな足跡《あしあと》がついている。それも二羽。交わったり離《はな》れたり並《なら》んだりしながら足跡は続き、突然《とつぜん》同じところで消えている。きっと、何かに驚《おどろ》いて飛びたったのだろう。

純白《じゅんぱく》の雪をすくいあげる。朝日を受けて、ダイヤモンドのようにキラキラ輝《かがや》いた。

「そうだ、雪でぎょろりさんを作ろう」

竹やわらを使ったのはできないけれど、雪ならわたしでも作れる。わたしたちの心に巣《す》くう疫病神《やくびょうがみ》を全部飲みこんでくれる雪のぎょろりさん。

でも、わが家は湯屋じゃないから、そう、家守様だ。

「溶《と》けても溶けてもまた作るんだ。家に入りこむ疫病神を、全部食べてもらえるように」

雪だるまなら作ったことがある。雪かきで雪を集めて山にする。そこからだんだん形を作っていけばいい。

「朝からどうした、えらい張りきるなあ」

おじいちゃんが縁側《えんがわ》から顔をのぞかせた。

その後ろからすっかり元気になった母さんが、のびあがってにっこり笑った。父さんは昨夜遅《おそ》かったから、まだまだ夢《ゆめ》の中だ。

「そう、雪の家守様を作ってるの。完成したら見せてあげるね」

「ほっほう、家守様かい。考えたなあ、そりゃあ、ありがたいわ」

おじいちゃんがとんと手を打った。

「しっかり頼《たの》みますよ」

母さんがパンパンと柏手《かしわで》を打った。

雪かきで庭の雪をかき集めたら、けっこう大きな雪の山ができた。シャベルや草かきやほうきなんかを使って、円すいの形を作る。

そこに目を開けて雪玉を入れる。そして勇《いさ》ましい鼻をつけて、その下に大きな口を開けてぶ厚《あつ》い唇《くちびる》をつけた。
思いっきりこわい顔にしたつもりなのに、できあがった家守様は楽しげに笑っていた。

天までとどけ

庭の桜《さくら》が、小さなつぼみをぷっくらとふくらませた。

もうすぐ春がやってくる。

冬の間、魔除《まよ》けの役目を担《にな》ってくれたぎょろりさんも、そろそろ役目を終える日が近づいてきた。

毎年、三月の第三日曜日には、お焚《た》きあげが行われる。朝市広場に集められたぎょろりさんたちに火をつけて、天にお送りする。同時に、リフレッシュされた湯屋の神様が、それぞれの場所に戻《もど》られる。またおん湯の日まで、この地と人々《ひとびと》を守ってくださるのだ。

そしていよいよ、今日はお焚きあげの日。

この日のために、わたしたちはばっちり練習を重ねてきた。

今日着るはっぴとはちまきは、いつものとは違《ちが》って、阿坂太鼓《あさかだいこ》のはっぴだ。

「阿坂を背負《せお》って、堂々《どうどう》と太鼓をたたいてくれ。湯屋守様《ゆやもりさま》をしっかりと天にお送りしてくれ」

そう言って、蓮《れん》さんはまだ新品のはっぴを貸《か》してくれた。子ども向けのサイズだから、わたしでも着られた。

はっぴに着がえて鏡の前に立つ。はっぴを着ると、気持ちまでしゃんとする感じ、はっぴマジックだ。自分でも、けっこうかっこいいかもって、思えてしまう。

鏡の前に立って、逢音《あお》の絵をまねて、頭上でバチをクロスさせてポーズを決める。

鏡の中のわたしを見ているうちに、突然《とつぜん》パッとひらめいた。

「あれ？　もしかしてあの絵、あのおかしな服って！」

あわてて玄関《げんかん》に走って絵を見つめる。逢音が着ている黒とグレーの入りまじった長いおかしな服って、もしかしてこのはっぴ？　頭に白い線があるけれど、はちまきのつもり？

「わかった！　逢音、これは阿坂太鼓で太鼓をたたく、未来の自分なんだね」

もしかしたら、逢音はお焚《た》きあげのことも知ってたのかもしれない。そして自分も一員になって、太鼓をたたく夢《ゆめ》を描《えが》いてたんだ。

すごいね、逢音……！

そんなこと、わたしは全然気づきもしなかった。絵の中の逢音が、得意げに胸《むね》を張った気がした。

お焚きあげの開始は、夜の七時半だ。柱時計はもう六時五十分を指している。

「おじいちゃんを連れて、あとから行くからね、がんばってね」

母さんたちに見送られて外に出た。あたりはもう真っ暗だ。星がチカチカまたたいている。その中にひときわ揺《ゆ》れる、小さな青い星。わたしのあとをついてくるときの、うれしそうな逢音みたい。

「よーし、逢音《あお》。思いっきり太鼓《たいこ》をたたいてこよう」

逢音がうれしそうに笑った気がした。

「おう、彩音《あやね》、今日で最後だな、ばっちり決めようぜ」

「がんばろうね、お焚《た》きあげってほんと、すっごく感動するからさ」

脇道《わきみち》から飛びだしてきた蒼《あお》と拓実《たくみ》と三人で、並《なら》んで走る。朝市広場に行くと、みんなもちょうど集まってきたところだった。会場になる朝市広場には、午後から軽トラックが出入りして、すでにそれぞれの湯屋守様《ゆやもりさま》が運びこまれていた。

朝市の店を出すひさしのついた長い通路には、阿坂温泉《あさかおんせん》太鼓の太鼓が用意されていた。その横に、使《つか》い慣《な》れたいつもの学校の太鼓が並んでいる。昼間のうちに、蓮《れん》さんといっしょに運んでおいたのだ。

広場はグラウンドのように平らで、土が踏《ふ》みかためられていてきれいだ。その中央に、整然と並ぶ湯屋守様たち。

恩出橋《おんだしばし》の上で、ずっと見守ってくれていたぎょろりさんは、いちばん後ろの列の真ん中で、他の湯屋守様を静かに見つめている。

ずっと野ざらしにされていたから、わらはばさばさになって白っぽく色あせていた。さすがに今日は雪はないから、雪の日のような大笑いはしていない。いつものりりしい顔に戻《もど》っている。

小型の湯屋守様を取りかこむように、大型の湯屋守様が並んでいる。そのまわりの四《よ》隅《すみ》には榊の木が立っていて、幣束《へいそく》をさしたしめ縄《なわ》を張ってある。

「ヒョー、すげー、拓実んちの湯屋守様が真ん前に置かれてるじゃん」

蒼が、ヒューと口笛を吹《ふ》いた。最前列の真ん中にどんと座《すわ》っているのは、拓実とおじいさんが作った湯屋守様だ。その前には長机《ながづくえ》が置かれていて、お供《そな》え物まで積まれている。

「よかったね、きっといいことあるよ」

わたしは拓実《たくみ》に近づいて、そっと肩《かた》をつつく。

「サンキュ、お客さんが増《ふ》えてくれるといいな」

拓実は手を合わせて拝《おが》むまねをした。

「毎年のことだけど、大湯屋守様《おおゆやもりさま》は、ずいぶんくたびれちゃったな」

蒼《あお》が哀《あわ》れみのこもった様子でつぶやいた。

「でも、なんだかほっとしているように見えるね」

「そうだな、大役を担《にな》ってたんだもんな。これはがんばったあかしだな」

わたしと蒼は顔を見合わせてうなずいた。

「おお、でっかいひしゃく星！」

四年のふたりは、星を指さしてはわけもなく笑い合っている。

わたしもさっきからドキドキするのか、武者震《むしゃぶる》いなのかわからないけど、なんだか地に足が着かない感じだ。心臓《しんぞう》が鼓動《こどう》といっしょに、喉《のど》から飛びだしてきそう。何を見ても、何を言っても笑えてくる。じっとしてなどいられない。

夜空には雲ひとつ見えない。闇《やみ》が濃《こ》くなるにつれて、星々《ほしぼし》がわき出るようにあらわれて、輝《かがや》きはじめた。

「うっわあ、満天の星よ！」

後ろで浴衣姿《ゆかたすがた》の泊《と》まり客らしい人が、スマホを空に向けて話している。わたしたちがほめられているみたいにいい気分。

「用意はできてるかー、位置につけよ！」

蓮《れん》さんが大太鼓《おおだいこ》の前で、バチを振《ふ》って叫《さけ》んでいる。わたしたちは、先を競うようにかけだした。

「まずは『勇駒《いさみごま》』からだ、思いきっていくぞ！」

蓮さんの指示にしたがって、それぞれの位置に着く。

もうだいじょうぶ、体の震《ふる》えは止まった、足の裏《うら》にしっかりと地面の感触《かんしょく》を感じる。

心臓《しんぞう》はドキドキするけれど、たたきたいっていう気力の方が勝っている。

逢音《あお》、さあ、いくよ、いっしょだよ！

「やあっ！」

蒼《あお》のかけ声で、わたしは天をあおぎ見る。

見あげた星空の真ん中に、ちらちらと揺《ゆ》れる小さな青い星が見えた。どこからどこまでも、満天の星だ。奥《おく》のまた奥からわき出てくるような星空だ。

ドーン　ドン
蓮《れん》さんが力強くバチを振《ふ》りおろす。それを合図に、わたしたちは力いっぱいバチを振りおろす。

湯屋守様《ゆやもりさま》を見ていたお客さんたちが、驚《おどろ》いていっせいにわたしたちを振り返った。スマホのフラッシュがあちこちで光る。

しばし湯屋守様に背《せ》を向けて、わたしたちに向かってたくさんの人だかりができた。

タタンタタタンタ　タタタタタタンタ　ドドドドドドドド
ドンドンドンドン　タタタタタッタ　タタンタタンタタンタタン

みんなの音が重なっていく。体がしびれるような快感だ。

バチをにぎる手に力が入る。夢中《むちゅう》で太鼓《たいこ》を打ち鳴らす。

どこからともなく拍手《はくしゅ》が起きた。

人垣《ひとがき》の間から、ぎょろりさんが見える。四方に置かれたかがり火で空気がゆがんで、ぎょろりさんはまるで、太鼓に合わせて楽しげに踊《おど》っているようだ。

アナウンスが流れた。いよいよお焚《た》きあげの始まりだ。

祝詞《のりと》とおはらいが終わって、湯屋守様に火がつけられる。係のおじさんたちが、棒《ぼう》の先に火をともして、ぎょろりさんたちを囲《かこ》んだ。

まずは後ろの列の大湯屋守様。次に、前の列のやまと旅館の湯屋守様、そして周囲《しゅうい》の湯屋守様《ゆやもりさま》のあと、中側の小さな湯屋守様。

「ああ、燃《も》えちゃうぞ！」

蒼《あお》が一瞬《いっしゅん》、けわしい顔をした。

あちこちで炎《ほのお》が燃えあがり、メラメラと音がする。澄《す》みきった金色の光を放ちながら、炎が揺《ゆ》れる。燃えあがる炎の中でぎょろりさんは、あの雪の日の笑顔を浮《う》かべているように見えた。

星空に、煙《けむり》が高く立ちのぼる。

みんなの願いや災《わざわ》いをかかえて、天に戻《もど》られるぎょろりさんと湯屋守様。

ぎょろりさん、空のどこかで逢音に会ったら、わたしからのメッセージ、伝えて。

逢音は好きなことをちゃんと見つけて、夢《ゆめ》を追いかけていたんだね。

いろんな人と出会って、楽しいこといっぱい見つけていたんだね。

逢音はかわいそうな子なんかじゃない、すっごくかっこいい男の子だったんだねって。

甘《あま》えんぼうで弱虫だったのは、わたし。逢音《あお》がいなくなったら、何もできなくなっちゃったんだ。

――しょうがないな、おねえちゃん、ぼくをちゃんと見つけてごらんよ。――

ぷんと頬《ほお》をふくらませながら、わたしを振《ふ》り返《かえ》る逢音。

その背中《せなか》を追いかけ続けて、やっとわかった。いつのまにか、わたしなんかより、ずっとたくましくなっていたんだって。

でも、わたしはもうだいじょうぶ。今度は逢音の夢の続きを、わたしが見せてあげる。

だってわたしは逢音のおねえちゃんだよ、負けっぱなしじゃいられないよ。

――さすが、ぼくのおねえちゃん！――

いつかそう、逢音に言ってもらえたらいいな。だから逢音、わたしを見てて、って。

「さようなら、ぎょろりさん、ありがとう。そして、逢音によろしくね」

煙《けむり》になって、空にのぼっていくぎょろりさんに声をかける。

この空のどこかに、逢音がいる。そう、逢音は、これからもずっといっしょだ。

蓮《れん》さんがまたバチをかかげた。今度はリズム打ちだ。立ちのぼる炎《ほのお》と煙《けむり》を見送るように、ゆっくり太鼓《たいこ》を鳴らす。

星空と金色の炎とグレーの煙は、何にも例えようがないほど美しい。わらのはぜる音が、山あいに響《ひび》いて広がっていく。たくさんの湯屋守様《ゆやもりさま》はゆらゆらと揺《ゆ》らめきながら、ゆっくりと大きな黒いかたまりになっていく。

と、突然《とつぜん》花火があがった。観客からどよめきが起こった。

役目を終えて天に戻《もど》られるぎょろりさんたちへの、人間からの贈《おく》り物《もの》だ。打ちあげられる色とりどりの光の乱舞《らんぶ》。まるで、神様たちが宴《うたげ》をしているようなお焚《た》きあげの炎《ほのお》と星空。

蓮さんが静かなリズムに切りかえた。波のように広がる太鼓の音。

やがてゆっくり小さくなって、音はスーッと消えた。静寂《せいじゃく》が訪《おとず》れる。脇《わき》を流れる阿坂《あさか》川《がわ》のせせらぎの音だけが、かすかに聞こえてくる。

ぎょろりさんの炎《ほのお》は消えた。あとには、きれいな真っ黒いわらだけが残った。

と、突然《とつぜん》、最後の花火があがった。

ヒューン　ドーン　パチパチパチ……

はらわたを揺《ゆ》るがすような大きな音に、観客から拍手《はくしゅ》があがった。

やがてそれも消え、あたりはまったくの静寂に包まれた。

「終わったな」

蒼《あお》が横に並《なら》ぶと、空を見あげて言った。

「おまえの弟さ、ほんと、太鼓《たいこ》大好きだったよな。あんまり阿坂太鼓を見に練習場に来るからさ、一度だけ太鼓をたたかせてやったんだ、蓮《れん》さんに頼《たの》んで。最初のころのおまえより、ずっとうまかった。阿坂の太鼓のはっぴを着させてやったら、大きくなったら太鼓たたくって、そりゃあうれしそうでさ」

ああ、だからあの絵の逢音《あお》は……。

逢音、はっぴ着て太鼓をたたけたんだね。

「ありがとう、逢音のこと」

やっと声が出せた。

「あいつ、おれと同じ名前だもんな、なんか気になっちゃってたんだ。こんななら、もっと太鼓たたかせてやりたかったな」

「あっ……だから、わたしに太鼓をすすめたの？」

蒼はそれには答えないで、だまって空を見あげている。

初めて会ったときから、蒼はわたしに太鼓の話ばかりしてきた。わたしが太鼓が好きなはずだという前提《ぜんてい》で。太鼓をたたくと決めつけて。

それはみんな、逢音のため？　逢音のことを知ってたから？

自分勝手で早とちり、無神経《むしんけい》で意地悪な蒼《あお》。でも、あれは蒼の、わたしと逢音《あお》に対する思いやり？

わたしはまじまじと蒼を見つめる。

「わかんないけどさ、きっとあいつ、おまえに太鼓《たいこ》、たたいてもらいたかったんじゃないかなって思ってさ」

蒼はくいっと鼻をこすると、大きく息を吸《す》いこんだ。

「おーい、おまえのねえちゃん、がんばったぞー。おれも負けねーよーに、太鼓、がんばっからな、見てろよー」

蒼が空をあおいで大声で叫《さけ》んだ。さっきの小さな青い星が、風に揺《ゆ》れるようにちらちらとまたたいた。

まるで逢音が笑ったように見えた。

逢音、また春が来るよ。
そしたらおねえちゃんは、中学生。
今ね、阿坂《あさか》太鼓に入ってみようかなって、思ってる。
そしたら逢音、いっしょに太鼓、たたこうね。

あとがき

熊谷《くまがい》　千世子《ちせこ》

物語の舞台《ぶたい》となった里は、阿知川《あちがわ》の清流をはさむように大小の旅館やホテルが軒《のき》を連ねる、自然豊《ゆた》かな温泉郷《おんせんきょう》です。その中程《なかほど》にある恩出橋《おんだしばし》には、冬になると高さ三メートルほどの大きな湯屋守様《ゆやもりさま》が現《あらわ》れます。湯の神様がお休みになる間、この地に厄《やく》（災《わざわ》い）が入り込まないよう目を光らせる守り神です。わらでできた顔だけの神様で、悪いものを威嚇《いかく》する恐《おそ》ろしい形相《ぎょうそう》をしています。各旅館の軒下の玄関《げんかん》あたりに置かれるのが一般的《いっぱんてき》ですが、大湯屋守様は野ざらしのままです。雨や風をものともせず、大雪にも耐《た》えながら、ときには笑顔を浮《う》かべるかのようにして、どっしりとたたずむ姿《すがた》のなんとたくましいことか。見るたびに励《はげ》まされ、勇気づけられ元気をもらっていました。

そんなある日、地元の小学校の玄関先に、小ぶりながらみごとなお顔の湯屋守様が飾《かざ》られました。子どもたちがふるさと学習で温泉郷について学ぶなかで、自分たちも湯屋守様を作りたいとの願いを持ち、地域《ちいき》の人々の手を借りながら立派な湯屋守ならぬ学校守様を作ったのです。学校に入り込《こ》もうとする厄をすべて飲みこんでしまうぞ、といった気迫《きはく》に満ちたお顔です。それを見つめる輝《かがや》く笑顔に、わたしは胸《むね》打たれる思いがしました。子どもたちは故郷《ふるさと》を、どんな思いでながめたのだろう。何を思い、何を願ってこの学校守様を作ったのだろう。もしかしたら、神様に触《ふ》れることで救《すく》われた思いの子もいたかもしれない……などと、物語が少しずつ形を成し始めたのです。

厄、それは、災い、災難《さいなん》、苦しみ。そして、心の奥《おく》に秘《ひ》めた悲しみ。病に限《かぎ》らず人は誰《だれ》も、心に何らかの苦しみを抱《いだ》きながら生きています。物語の主人公の彩音《あやね》の苦しみは、弟の逢音《あお》を事故《じこ》で失うというあまりに辛《つら》すぎるものでした。自分で放った取り返しのつかない言葉を、とってしまった行動を、悔《く》やみます。自分で自分に罰《ばつ》を与えてしまいます。でも、自然豊かなこの地で伝統芸能《でんとうげいのう》や文化に触れるうちに、たくましく成長していた逢音の姿を見つけ出していきます。そして初めて、誰にも言えなかった苦しみを吐《は》きだし、こらえていた涙《なみだ》を流します。

人は悲しみをずっとかかえて生きられるほど、強くはありません。リセットできてあの日に戻《もど》れたら、と願う人もたくさんいることでしょう。でも、そんなときこそ、広く深いまなざしを持って周りを見回してほしいのです。自分をそんなに責《せ》めないで、君はなんにも悪くない。誰かの手を借りていいんだよ、ときには神様の手を借りて……。そうささやきながら、わたしはこの物語を書きました。

胸の中で温めてきた物語が形を得《え》たことに、今ほっとしています。この物語を書くきっかけとなった湯屋守様を教えてくれた阿智第三小《あちだいさんしょう》の皆さん、出版に当たって、きめ細かなご指導《しどう》、ご助言をくださり常《つね》に快《こころよ》く伴走《ばんそう》してくださった文研出版の生田悠様、伝えたかった想いのすべてを、透明感《とうめいかん》あふれる美しいタッチで温く描《えが》きだしてくださったかない様に、心より感謝《かんしゃ》いたします。

そして何より、この本を手にとってくださった皆さんに。彩音たちといっしょに、温泉郷の日々を楽しんでいただけたら嬉《うれ》しいです。

熊谷千世子（くまがい ちせこ） 作者
長野県に生まれる。第4回椋鳩十記念伊那谷童話大賞、第19回小川未明文学賞優秀賞を受賞。おもな作品に『星明かり』『キャラメルの木のひみつ』（ともに文研出版）、『星空の人形芝居』（国土社）、『風の神送れよ』（小峰書店・第68回青少年読書感想文全国コンクール課題図書）などがある。信州児童文学会・日本児童文学者協会・日本児童文芸家協会会員。

かない 画家
神奈川県に生まれる。保育士としての勤務を経て、イラストレーターに転身。JIA Illustration Award 2022 銀賞を受賞。おもな挿絵・装画作品に『君といた日の続き』（新潮社）、『藍色時刻の君たちは』（東京創元社）、『古典ことば選び辞典』（Gakken）、『変身—消えた少女と昆虫標本—』（文研出版）がある。

装丁 アルビレオ

〈文研ステップノベル〉

あの空にとどけ

2024年11月30日 第1刷発行

作 者 熊谷千世子
画 家 かない
発行者 佐藤諭史
発行所 文研出版
〒113-0023 東京都文京区向丘2丁目3番10号
〒543-0052 大阪市天王寺区大道4丁目3番25号
代表 (06)6779-1531
児童書お問い合わせ (03)3814-5187
https://www.shinko-keirin.co.jp/
印刷所／製本所 株式会社太洋社

NDC 913 176 p 19cm 四六判
ISBN978-4-580-82673-1